韓國古典文學 100

10

錦香亭記
金 鈴 傳
周 生 傳

編者 ─────────
文學博士 金 起 東
文學博士 全 圭 泰

瑞 文 堂

●차　례

책머리에

우리 古典文學을 현대화하는 방법에는 여러 가지가 있을 것이다. 우선 그 어려운 古文을 現代 綴字法으로 옮겨 독자들이 쉽게 읽도록 하는 방법이 그 첫째의 단계라고 생각한다.

이와 같은 고전문학의 現代化作業은 우리 學界에 꾸준히 진행되어 왔으나 현재 그 절반도 미치지 못하고 있는 實情이다.

현존하는 300여 편이나 되는 방대한 고전소설만 하더라도 현재 시판되고 있는 〈韓國古典文學全集〉에서는 40여 편만이 현대화되어 있을 뿐이다.

이에 우리는 현존하는 모든 고전소설을 현대 철자법으로 개편하되 원문에 충실하여 學的 價値가 있도록 하였고, 漢文小說은 번역하여 수록했으며, 독자의 편의를 위하여 어려운 漢字語를 노출시켰을 뿐 아니라 어려운 漢文語나 人名·地名 등 故事에는 脚注를 달았다.

부디 이 〈韓國古典文學〉이 많이 읽혀져 현대인이 가질 수 없는 우리 先人들의 인생관을 되찾아서 새로운 민족문학의 전통을 수립하는 데 이바지할 수 있다면 다행으로 여기겠다.

1984. 1.

編者 識

錦香亭記

〔해 설〕 錦香亭記

── 안녹산의 난을 배경으로 한 역사소설

　이 소설은 전개에 있어 안녹산란에 대한 역사적 사실을 그
대로 표현해 놓았기 때문에 독창성이나 모방을 따질 필요는
없다. 다만 여주인공 갈소저(葛小姐)가 난중에 겪는 수난, 남
주인공 종공자(鍾公子)가 서천만호가 되어 황제를 모시고 천
도하여 병부상서에다 서북 경략사가 되어 안녹산의 잔당을 토
벌할 때 그의 부인과 출전하도록 한 것은 영웅소설의 플로트
를 모방한 것 같다.
　후반에서 갈어사(葛御史)가 딸을 위기에서 구출한 객주 노
파의 딸을 양녀로 삼고 종상서(鍾尚書)와 결혼시키려 하고 황
제는 갈소저를 종상서에게 혼인을 하도록 하니 두 사람이 나
타난 갈어사의 딸을 종상서의 부인 뇌씨가 기발하게 해결하
고 동시에 취하게 한다는 플로트는 가장 흥미로운 플로트라
하겠다.
　이 작품은 남녀 주인공들의 연애에서 결혼까지 파란 많은
역정을 안녹산란이란 역사적 배경에다 바탕을 두고 박력있게
표현해 놓았다. 우리 고전의 태반이 배경을 중국에다 설정해
놓았고 허구적인 표현이 심한 데 비하면 이만큼 현실적인 배
경을 설정한 우리 고전소설도 없을 것이며, 대단원을 끝에다
두어 흥미를 끝까지 끌고간 작자의 기교는 높이 평가해도 좋
을 것이다.

금 향 정 기
錦香亭記

卷之上

화설, 천하의 長安이란 곳이 본디 산천이 秀麗하고 지방이 廣濶하므로 역대 제왕이 도읍하였으며, 인물이 번성하고 豪傑이 끊이지 아니하더니, 三國 六朝에 이르러는 다만 東伐西征하기를 일삼아 도둑이 번성하매, 백성이 자연 塗炭 중에 들어 安堵할 길 없고, 隋煬帝에 이르러 더욱 奢侈를 숭상하여 천하가 大亂하니, 하늘이 밉게 여기고 밝은 임금을 내사 億兆蒼生을 건지게 하시니, 당나라 창업한 임금의 성은 李요, 이름은 淵이라.

세상이 요란함을 인하여 義兵을 모아 천하를 밝히고자 할새, 영웅호걸이 사면에 일어나 자칭 의병이라 하고 천하를 도모코자 하나 하늘이 이미 내신 임금을 항거하리오.

한번 군사를 몰아 賊黨을 掃滅하고 다시 장안에 도읍을 하시고 諸臣으로 팔방을 다스리니 이는 史記에 이른바 大唐太祖 聖孝皇帝라.

인의를 숭상하여 教化가 大行하여 尚古餘風이 있더니,

明皇에 이르러는 開元 일년에 年號를 고쳐 天寶元年이라 하고, 李林甫로 정승을 삼아 국사를 맡기고 太眞으로 貴妃를 봉하여 총애함이 비할 데 없으매, 임보의 口蜜腹劍*과 귀비의 巧言令色에 침혹하여 총명이 頓減하고 정신이 혼미하여 治民之道를 돌아보지 아니하니, 이러므로 천하가 스스로 土崩之勢가 되어 백성이 離散하매 국세가 장차 岌嶪*하더라.

각설, 장안에 한 선비가 있으되 성은 鍾이요, 명은 景期요, 자는 金年이니, 어려서부터 총명 다재하여 십세에 문장이 大振하고 십륙세에 이르러 體形이 숙성하고 擧止軒昂하매, 冠簪을 갖추어 成冠할새, 인리 친척이 일제히 모여 그 위인의 비상함을 못내 칭찬하더라.

그 부친 이름은 翠이니 소년 등과하여 벼슬이 兵部尚書에 이르러 物望이 赫赫하였고, 모친 元氏는 부덕과 女行이 超出한지라. 다만 일자를 두어 掌中寶玉으로 사랑하여 부디 어진 쌍을 구하여 천하의 영화를 보고져 할새, 媒婆를 사방에 흩어 賢門大家의 요조숙녀를 구하더니, 일일은 경기가 부모를 모셔 조용히 말씀하다가 문득 가로되,

「이제 소자의 쌍이 어디 없으리오마는 만일 娶室하여 不合하면 평생 원수가 되매, 소자의 한 소원이 아무 여자라도 한번 친히 보고 취하고자 하옵나니, 伏願 부모는 婚事與否를 염려치 말으소서.」

하니, 상서 부부가 朗笑 왈,

「아해는 망령된 말을 두 번 말라. 규중 처자를 외간 남

---

*구밀복검 : 외면(外面)으로는 친절한 듯하나 내심(內心)으로는 해칠 생각을 품음을 비유하는 말.
*급업 : 매우 위태로움.

자가 어찌 보리오.」

하더니, 오라지 아니하여 원부인이 우연 一疾로 점점 위중하매, 경기가 罔措하여 백약으로 치료하여 정성이 미치지 아니한 곳이 없으되, 마침내 오일 만에 罔極之痛을 당하여 哀毀過禮하여 擇日安葬한 후, 부친을 모셔 삼년을 마치매 새로이 슬퍼하더니, 鍾尙書가 홀연 毒疾을 얻어 一夜 간에 세상을 버리는지라.

　경기가 또 徹天之痛을 당하매 천지가 아득하여 여러 번 기절하다가 정신을 겨우 수습하여 禮로 先山에 안장하고 侍墓하여 조석 香火를 받들어 삼년을 지낸 후, 古宅에 돌아와 학문을 힘쓰더니, 이때는 天寶 삼년 春二月이라.

　천자가 文廟에 奠謁하시고 즉시 說科하여 인재를 뽑을새, 모든 親朋이 경기를 권하여 한가지로 科場에 나아가 觀光코져 하거늘, 경기가 親喪 이후로 만사가 浮雲 같으되 자기 일신이 祖先 의탁이 중한고로 마지 못하여 場屋 諸具를 갖추어 과장에 나아가 평생 재주를 시험하여 양일 初試를 다 보고 집에 돌아와 待榜하더니, 적막한 가중에 홀로 앉았으매 심사가 가장 鬱鬱한지라. 이에 풍경도 완상하며 인물도 구경하여 愁懷를 消遣코져 하여 의관을 정제하고 문 밖을 나와 두루 놀아 景處를 尋訪할새 가는 데를 깨닫지 못하고 문득 금이방 깊은 골에 다다르니 한 곳에 화원이 있으되 심히 유별하고 수려하여 가히 봄직 하거늘, 생이 장원을 두루 돌아 사면을 살펴본즉, 후문이 半開하였고 그 안에 창두 일인이 술을 대취하고 잠이 깊었는지라.

　생이 조금도 忌憚 아니 하고 緩步로 들어가 중문 둘을 지나가니, 한 곳에 연못이 있고 그 가에 정자 하나가 있

으되, 가장 縹緲하고 淨灑하며 단청이 영롱하여 사람의
눈이 부시고, 고금 문장 才士의 읊은 詩賦와 천하의 名
筆奇畵가 사면에 찬란히 붙었고, 金字로 현판하였으되
錦香亭이라 하였거늘, 생이 胸膈이 가장 爽闊하여 정자
에 올라 난간을 의지하여 잠시 살펴본즉, 蒼松綠竹과 모
란·작약 등 모든 화초가 좌우에 森列*하고, 池中의 고기
와 난간 앞에 두루미는 천지를 자랑하니, 許多 경치가 짐
짓 別有天地라.

　이렇듯 무궁한 승경을 대하매 기운이 스스로 호탕하여
세상 생각이 消散하매, 소리를 낮추어 古詩를 읊으며 흥
을 못 이겨 점점 발을 들어 후면으로 나아간즉, 石假山
이 있으되 그 石이 기이하고 고을이 深邃하여 의연한 작
은 산이요, 틈틈이 花竹을 심어 향기가 郁郁한지라. 생
이 사람의 재주가 공교함을 일컬으며 두루 배회할 즈음
에 문득 淸風이 부는 곳에 香臭가 진동하며 옥을 바아
는 듯한 소리가 들리거늘, 심중이 驚訝하여 살펴본즉 내
원 중문으로조차 凝粧盛飾한 시녀가 일위 소저를 옹위하
여 나아오거늘, 생이 대경하여 급히 파초 잎을 헤쳐 몸
을 감추고 바라보니, 그 소저가 秋水兩眼과 春山蛾眉며
도화 같은 兩頰이요, 백옥 같은 雙鬢이며 氣質은 나는 鳳
같으되 날개가 없고, 태도는 제비 같으되 깃이 없으니 진
실로 傾國之色이요 千古淑女라. 점점 나아와서 그림자
를 의지하여 옥계 위에 錦繡方席을 놓고 천연히 앉아 丹
脣을 열어 言笑치 아니하고, 다만 원근 풍경을 완상할 따
름이요. 모든 시비는 각각 흩어져 혹 꽃도 꺾으며 잎도
따고, 혹 꾀꼬리도 날리며 나비도 잡고, 혹 연못의 고기

*삼렬 : 촘촘하게 늘어서 있음.

도 희롱하며 솔 아래 두루미도 춤추이어 각각 흥치에 겨
워 戲謔(희학)이 낭자하되, 그 중 시비 하나가 소저의 곁을 떠
나지 아니하여 一動一靜(일동일정)을 한가지로 하니, 그 용모 기질
이 또한 소저와 방불한지라. 문득 그 시비가 몸을 움직
여 모란화 한 송이를 꺾어 소저의 머리에 꽂으며 왈,

　「꽃이 말할진대 소저와 방불할 듯하되 말을 아니 하니
　소저께 비유 못 하리로소이다.」

하니, 소저가 다만 들을 따름이요, 마침내 말이 없다가
梅香(매향)을 불러 들어가기를 이르거늘, 모든 시비가 일시에
소저를 모셔 중문으로 들이기며 문을 굳이 닫는지라.

　생이 일변 놀람은 종적이 탄로할까 함이요, 일변 기쁨
은 일세의 無雙(무쌍)한 숙녀를 얻어 봄이라. 心魂(심혼)이 황홀함을
진정하여 바삐 일어나 소저의 앉았던 자리에 올라 앉아
헤오되,

　「이 집이 뉘 집이며 규수는 어떤 사람인고.」

하며 심사가 가장 번뇌하여 如醉如狂(여취여광)할 즈음에 階下(계하)에 무
엇이 떨어졌거늘, 생이 바삐 집어 본즉 백릉수건이라. 향
취가 觸鼻(촉비)하고 풍월 두 귀를 썼으니 하였으되,

　「푸른 강이 고요히 흐르는 빛을 감추었도다. 요사이 실
　마리 같은 뜻이 蕭索(소삭)하니 춘색이 의의하여 해당화에 올
　랐도다.」

하고, 끝에「葛明霞(갈명하)는 부질없이 쓰노라」하였더라.

　생이 보기를 다하매 소매에 감추고 바삐 물러나오니 문
지킨 창두가 그저 자거늘, 생이 자취를 輕捷(경첩)히 하여 후
문을 나서며 수십보를 행하더니 문득 뒤에서 급히 불러
왈,

　「상공은 어디로서 오시느뇨.」

생이 놀라 돌아본즉 기인이 머리에 氈笠 쓰고 몸에 청의를 입었으니 나이가 겨우 이팔 즈음이라.

바삐 와 두 번 절하고 눈물을 흘려 말을 못 하거늘, 생이 자세히 본즉 이는 부친 상서의 신임하던 창두 충원이라. 부모가 棄世한 후 가산이 탕진하였으매 충원이 또한 나간 지 오래더니, 이날 만나매 마음에 괴이히 여겨 묻고자 하여 돌아본즉 충원이 문득 간 데 없거늘, 생이 의아하여 半晌이나 주저하더니, 이윽고 충원이 큰 병에 술을 넣어 들고 뒤에 한 사람은 삶은 고기를 쟁반에 담아 들고 들어오는지라. 생이 문왈,

「그 무엇을 장만하여 오는다.」

충원이 대왈,

「천만의외 상공을 뵈오매 반가운 중 下情*을 표하올 길이 없삽기로 이 앞 酒家에서 약간 酒肴를 가져왔사오니, 상공은 下箸하심을 바라나이다.」

하고, 인하여 잔에 술을 부어 올리거늘, 생이 받아 마시며 물어 가로되,

「네 어디서 살며 무엇으로 생애를 하는다.」

충원이 대왈,

「이곳으로 온 후 마침 사람의 인도함을 입어 太僕寺 말 먹이는 소임을 맡으매, 삯은 닷냥씩 받아 말먹이를 장만하면 두냥이 남고, 만일 말이 수척하거나 병탈이 있는즉 그 죄를 小僕이 당하오니 가장 괴롭기 측량없사온지라, 바라건대 상공은 도로 소복을 거두사 使喚하게 하시면 마땅히 犬馬之忠*을 극진히 할까 하나이다.」

＊하정：자기의 심정을 어른에게 대하여 겸사하여 일컫는 말.
＊견마지충：개와 말처럼 제 몸을 아끼지 않고 바치는 자기의 충성(忠誠).

생 왈,

「네 본디 先老爺 신임하던 바에 내 또한 너를 다른 비복과 다르게 알매 내놓을 마음이 있었으리요마는,　형세가 마지 못함이러니 네 이제 舊情을 잊지 아니하고 甘苦를 한가지로 하고자 하는 뜻이 더욱 아름다운지라. 내가 이번 과거를 보아 아직 방이 나지 아니하였으매, 得意할지를 豫度치 못하거니와, 만일 參榜*하거든 너를 찾을 것이니 다만 방 나기를 고대하라.」

충원이 응낙하고 기뻐함을 마지 아니하거늘, 생이 인하여 물어 가로되,

「아까 너 만나던 아래 분장이 화려한 집이 뉘 집이뇨.」

충원이 대왈,

「그곳은 侍御史 太傅 葛太古 노야 댁이어니와,　과연 번화 극치하고 겸하여 갈노야 위인이 강명　정직하매, 시인이 추앙하는 바이며, 물망이 거룩하니이다.」

생이 沈吟良久에 왈,

「갈어사의 문장 才華와 정직 방정함을 내 이미 익히 들었거니와, 네 이왕 이곳에서 살았은즉 갈어사 부중 내외 동정을 아는다.」

충원이 대왈,

「자세히는 모르오나 혹 아는 일이 있나이다.」

생 왈,

「그러하면 갈어사가 부인과 해로하며 자녀가 몇이나 하뇨.」

충원이 대왈,

「갈노야께서 일찍 喪配하시고 다만 일녀가 있으되, 이

────────────
*참방 : 과거(科擧)의 방목(榜目)에 자기 성명이 끼어 실림.

름은 明霞 小姐이니이다.」

생 왈,

「내 또한 아는 바가 있나니, 그 소저의 容光色態*와 天生稟質이 어떻다 하더뇨.」

충원이 대왈,

「내왕 시비의 말을 대강 듣자온즉, 소저의 용광은 혹 천상에나 있는지 모르거니와 인간에는 무쌍하리니, 방금 천자가 총애하시는 楊貴妃도 능히 對頭치 못할 것이요, 문장은 司馬遷을 藐視하고 필법은 王義之를 압도하고, 화법은 吳道子를 比肩하고 음률은 鍾子期·劉伯牙를 두리지 아니하고, 바둑은 謝安이 불감당이니 고금에 제일을 사양치 아니하리라 하더이다.」

생 왈,

「연즉 成娶하였느냐.」

충원이 대왈,

「갈소저가 이렇듯 비상하므로 갈노야께서 過愛하사 용모재화와 문장덕행이 一毫 미진함이 없는 사위를 가리매, 당시 승상 이임보가 그 아들을 위하여 간절히 구혼하되 아직 年幼하므로 稱託하고 마침내 허치 아니하오니, 그 擇婿함이 自別함을 이로써 가히 짐작하리로소이다.」

생 왈,

「네 비록 그 시비의 말을 들었다 하나 어찌 이렇듯 자세히 아느뇨.」

충원이 대왈,

「소복이 한갓 내당 시녀의 片言을 들을 뿐 아니오라,

---

*용광색태 : 빛나는 얼굴과 곱고 아리따운 자태.

그 댁 동산 후문 지킨 老蒼頭를 익히 친하옵기로 때때
한가지로 술을 먹삽고 자연 그런 말을 들은 바로소이
다.」
생 왈,
「그러하면 그 소저의 신임하는 시비를 아는다.」
충원이 대왈,
「여러 시비 중 紅愛라 하는 시비가 용색과 才氣가 비
상하여 一動一靜을 소저와 같이하며, 百事를 본받아 정
성이 극진하므로 소저가 각별 사랑하여 須臾不離한다
하더이다.」
하며 이렇듯 談話할세, 생이 인하여 잔을 기울여 취하매
상을 물리라 하고 心中에 생각하되,「이제 갈소저와 인연
을 맺음은 충원의 引進하기에 있다」 하고 다시 충원더러
이르되,

「갈어사 집 후원 경치가 유명함을 듣고 한번 구경하고
져 한 지 오래되 능히 기회를 얻지 못하였더니, 오늘
날 너를 만남이 또한 우연치 아니한 일이매 한번 구경
함을 圖謀할지라. 너는 마땅히 동산 지키는 창두를 술
을 많이 먹여 취하게 하고, 나로 하여금 그 동산을 遊
覽하게 함이 어떠하뇨.」

충원이 대왈,
「상공이 一定 구경코져 하시면 소복이 아무쪼록 주선
하리니 명일에 다시 오소서.」
하거늘 생이 大喜하여 재삼 당부하고 府中에 돌아와 고
요히 앉아 白綾수건을 내어 글을 읊어 왈,

「갈소저가 수건을 잃고 일정 시비로 하여금 찾을 것이
니 가히 이 때를 잃지 말리라.」

하고 이에 筆硯*을 내어 그 글을 次韻*하여 수건에 기록하니,

「蜂蝶으로써 閨中을 열어 보지 못하게 하니 구비구비 붉은 난간에 봄빛을 잠갔도다. 黃鶯은 地上에 머물고 날아가지 아니하니 곱고 붉은 꽃을 사랑함이로다.」

하고 그 아래 某年月日에 종경기는 받들어 和答하노라 하였더라.

쓰기를 다 하매 소저의 글과 한가지로 재삼 吟詠하다가 야심한 후 寢席에 나아가 잠을 이루지 못하고 輾轉反側*하다가 동방이 旣明하매 조반을 재촉하여 먹고 의관을 정제히 한 후 백릉수건을 소매에 넣고 금이방으로 나아가 충원을 찾은즉, 此時 충원이 또한 생을 기다리다가 반겨 맞아 夜間 안부를 묻잡고 제 방으로 청하여 좌를 정한 후 가로되,

「소복이 노창두를 데리고 나가거든 상공은 즉시 방문을 잠그시고 동산으로 들어가 留緩한 후 나오소서.」

하고 자물쇠를 드리거늘, 생이 기뻐하여 저의 動靜을 살피더니 이윽고 노창두가 과연 충원을 찾아오매, 충원이 인하여 서로 손을 이끌고 담소가 自若하며 밖으로 나가는지라.

생이 바삐 몸을 일어 방문을 잠그고 昨日 출입하던 문을 태연히 들어가매 사면이 고요하여 인적이 없는지라. 마음을 쾌히 놓고 금향정에 올라본즉 許多風光은 다 꿈 밖이요, 千思萬想하나 의기가 묘연하여 혹 앉으며 혹 徘徊하여 반일이 지나매 심중에 鬱氣만 일어나더니 문득

---

*필연 : 붓과 벼루.
*차운 : 남의 시운(詩韻)을 써서 시를 지음.
*전전반측 : 누워서 이리 저리 뒤척거리며 잠을 못이룸.

인적이 있으며 낭랑한 소리가 들리거늘, 생이 暗喜하여
즉시 정자에서 내려 花林 속에 몸을 감추고 동정을 살피
니 과연 갈소저가 홍애만 데리고 중문으로조차 나와 정
자 아래 이르러 무엇을 찾는 모양이어늘, 생이 事理를 짐
작하고 몸을 더욱 감추어 始終을 살피더니 홍애가 가로
되,

　「작일 분명 이곳에 떨어진 것이 종시 없으매, 정녕코
　동산 지키는 노창두가 얻어 아무것도 모르고 술 받아
　먹은가 싶으오니 노창두더러 探問하여 보사이다.」

　갈소저가 눈썹을 찡그리며 가로되,
　「동산 지키는 奴者가 비록 술을 즐기나 그러할 리 없
　거니와, 가장 고이한 일이니 아무러나 동산 四面으로
　자세히 찾아보라.」

하고 금향정에 올라 앉거늘 홍애 왈,
　「어제 저녁에 數多 시비와 한가지로 아무리 찾되 얻지
　못하고, 또 오늘 두루 찾되 간 곳을 모르겠사오니　어
　찌 고이치 아니하리이꼬.」

　소저가 가로되,
　「네 말이 과연 내 뜻과 같도다. 그 수건이 아까와 부
　디 찾고져 함이 아니로되, 내 繡를 수건에 쓰고 姓名
　을 기록하였으매 혹 외간 남자의 手中에 떨어질까 두려
　워함이니 너는 모름지기 찾아 보라.」

　홍애가 가로되,
　「小婢 마음에도 고이하기로 굳이 찾고져 하나이다.」

하고 섬돌에 내려 두루 찾아 花草 사이로 점점 들어오다
가 생을 보고 문득 놀라 크게 소리하여 왈,
　「그대 어떤 사람이관데 감히 宰相댁 후원에 들어와 閨

門을 엿보는다. 우리 小姐가 지금 나와 계시니 빨리 나
가 큰 禍를 당치 말라.」
하거늘, 생이 미소 왈,
「그대가 소저의 信任하는 비시 홍애냐.」
홍애 勃然大怒* 왈,
「내 어려서부터 소저와 同去就하여 일시도 떠나지 아
니하매 집안 사람도 그 이름을 모르는 이 많거늘, 그대
어이하여 내 이름을 알아 부르며 이렇듯 怠慢하뇨. 만
일 시각을 遲滯하다가는 내 마땅히 노야께 고하여 법
으로 다스릴 것이니 반드시 후회 말라.」
생이 含笑 왈,
「그대는 잠깐 忿怒함을 그치라. 내 이제 나가려니와,
어제 아침 이곳을 지나다가 얻은 것이 있기로 받들어
드리고져 하여 저 後門으로 왔더니, 그대 이렇듯 노하
여 거절하니 진실로 다시 할 말이 없도다.」
하고 밖으로 향하거늘, 홍애 此言을 듣고 헤오되,
「이 사람이 반드시 수건을 얻은 모양이매 달래어 찾아
보리라.」
하고 바삐 불러 왈,
「그대는 잠깐 머물라.」
하니 생이 몸을 돌리며 가로되,
「그대 나를 속이고 밖 사람을 불러 나를 잡아다가 욕
을 뵈려 함이 아니냐.」
홍애 왈,
「그러할 리 없을 것이니 염려 말라.」
하니 생이 함노 왈,

---

*발연대로 : 왈칵 성을 내어 크게 노함.

「그대 나를 머물라 하는 뜻은 어쩐 일이뇨.」

홍애 가로되,

「아까 상공이 드릴 것이 있다 하매 이 분명히 백릉수건을 얻어 계신지라. 이는 다른 것과 달라 閨中之物이니 相公은 쓸 데 없으매 도로 주심을 바라나이다.」

생 왈,

「과연 그러하도다.」

홍애 반겨 듣고 가로되,

「상공이 그 수건을 어디서 얻어 계시니이꼬.」

생 왈,

「작일 우연히 이 동산 밖으로 지나더니 一陣淸風을 쫓아 담 안으로부터 백릉수건이 날리어 飄飄*히 半空에 솟구어 내 앞에 내려지기로, 분명히 너희 댁 器物인 줄 알고 임자에게 전코자 하여 왔노라.」

홍애 왈,

「그러할진대 상공의 뜻이 가장 아름다운지라. 이미 가져 계시거든 빨리 주소서.」

생 왈,

「수건은 내 소매에 들었거니와 이제 온 뜻은 친히 소저를 보고 고할 말씀이 있나니, 원컨대 그대는 이 뜻으로 고하라.」

홍애 變色 왈,

「상공 말씀이 그르도다. 우리 소저가 어려서부터 金玉閨房에 깊이 처하여 몸가짐을 삼가 行止가 단정하고, 가중 시녀라도 소저가 부르기 전은 감히 문을 들지 못하는지라, 어찌 외간 남자를 無斷히 보리오. 이런 망령

---

*표표 : 가볍게 나부끼는 모양.

된 말씀은 다시 마소서.」

생 왈,

「그대 말이 고이치 아니하거니와, 생의 심중 所懷를 자세히 들어 소저께 전하고 回報를 받아옴을 바라나니, 다름이 아니라 과연 소저의 높은 행실과 밝은 덕을 듣고 欽仰한 지 오래며, 나의 성명은 종경기니 본디 長安 사람으로 부친은 兵部尚書로 별세하시고, 내 비록 용모와 재화가 不美하나 배필 구하기는 고금의 희한한 숙녀를 구하매, 이러므로 방년 십팔세로되 取室치 못한지라. 내 비록 용렬하나 白面書生*으로 蟠桃* 줍는 수고만 하고 속절없이 초목과 같이 썩지 아니하리니, 그대는 나의 말을 고히 여기지 말라. 소저가 비범한 자색과 특출한 재기로 百年佳友를 구하심이 또한 범연치 아니할 것이요, 작일 한때 바람이 백릉수건을 몰아 내 앞에 내려짐이 이 반드시 하늘이 지시하심이라. 그런고로 庸俗한 句로 화답하여 가지고 이에 이르러 찾기를 기다려 종일을 허비하였으니, 그대는 疏漏*히 말고 이 사연을 소저께 고한 후 한번 당면하여 말씀하기를 청하라.」

홍애 그 말을 들으매 눈을 들어 생의 言語動止를 살펴본즉, 그 기골이 軒昂하고 용모가 화려함에 공경 대왈,

「소비 상공 말씀을 듣고 舉止를 본즉 어린 所見에 스스로 헤아림이 있으니, 서로 보시며 아니 보시기는 소저 意向에 달렸거니와 대저 상공 말씀은 자세히 고하리이다.」

---

*백면서생 : 글만 읽고 세상 일에 경험이 없는 사람.
*반도 : 선도(仙桃)의 한 가지.
*소루 : 차근차근히 생각하지 못함.

하고, 즉시 몸을 돌려 금향정에 올라가 소저를 보고 종
생의 말을 自初之終 고하니, 소저가 聽罷에 정색 왈,

「너는 나의 사랑하는 바로 십여 년을 나와 같이 遂行하
여 규중 체면이 자별한 줄 알거든 어찌 이런 과언으로
나의 귀를 더럽히고 욕되게 하느뇨.」

홍애 꿇어 사죄하고 다시 가로되,

「소비 비록 賤人이오나 어찌 규중 체면을 모르리오마
는, 소저의 일생 고락과 榮辱이 군자 일신에 달렸나니
소비의 吉凶이 또한 소저께 매었는지라. 소저의 교훈
을 받사와 사람의 賢愚善惡을 거의 짐작하옵나니, 소
비 此人의 기상을 잠깐 본즉 문장 덕행이 외모에 나타
나고 人事와 처신함이 진실로 金玉君子의 당당한 丈夫
라. 소저가 만일 소비의 말씀을 믿지 아니하시거든 이
제 종생이 난간을 가리어 있삽고 또 수건에 소저의 글
을 회답하였다 하오니 한번 보시면 소저의 明鑑으로 가
히 그 현우를 판단하시리니, 청컨대 소저는 재삼 생각
하사 평생 身世를 헛되게 말으소서.」

소저가 이 말을 듣고 沈吟半餉에 왈,

「네 말이 모두 나의 일생을 위함이니 어찌 그 뜻을 모
르리오마는 가히 소홀히 못할 것이매, 너는 다만 나가
내 수건을 본 연후에 서로 보기를 권하라.」

하니, 홍애 應命하고 나와 소저의 말로 회보한데 생 왈,

「소저가 만일 수건을 보고져 하실진대 마땅히 들여보내
려니와, 소저가 내 글을 보고 庸劣타 하거든 내 글을
베어 가져오라.」

하며 소매에서 수건을 내어주자 홍애 받아 가지고 들어
와 소저께 드리니, 소저가 글을 보지 아니하고 손에 가

진 후 즉시 몸을 일어나며 왈,

「너는 다만 수건 얻어 줌을 치사하라.」

하고 들어가는지라. 홍애 감히 만류치 못하고 도로 나와
종생을 보아 차언을 전하니 종생이 勃然 作色 왈,

「사람을 이같이 속이니 내 왕왕히 머리를 中門에 두드
리고 바로 소저 침소로 들어가 한번 소저의 花顔을 본
후 宰相閨閣에 출입하였다 하고 죄를 나타낸들 설마 어
찌하리오.」

하며 바로 중문을 향하여 가거늘, 홍애가 급히 말려 왈,

「이는 大罪이니 상공은 早急히 굴지 말으소서. 매사를
人力으로 못 하거니와 인연이 됨과 못 되기는 소비의 計
攷에 달렸나니, 만일 大事가 成就하거든 상공이 소비
의 공로를 잊지 아니하시리이까.」

생이 이 말을 듣고 애걸 왈,

「만일 생사하거든 마땅히 壇을 묻고 사생간 사시로 祭
享하리니 그대는 빨리 계교를 가르치라.」

홍애 웃고 가로되,

「그 말씀은 일시 戲言이어니와, 소비가 이제 들어가 소
저의 뜻을 探知하고 나오리이다.」

생이 연하여 致謝 왈,

「바라나니 부디 반가운 소식을 전하여 간절한 간장을
풀게 하라.」

홍애 응낙하고 바삐 들어가 소저의 침소 창 밖에 몸을
감추고 몰래 살핀즉, 소저가 수건을 앞에 놓고 생의 次
韻한 글을 재삼 읊다가 歎息 왈,

「세상에 이런 비상한 글이 있을 줄을 어찌 뜻하였으리
오. 이는 한갓 문장뿐 아니라 德行이 시귀에 나타났으

니 과연 홍애의 말이 옳도다.」

하고 수건을 거두어 狹所(협소)에 간수한 후 다른 수건을 내어 글을 쓰고 홍애를 부르거늘, 홍애 자취를 감추어 멀리 가다가 여러 번 부르는 소리에 비로소 대답하고 들어오니 소저가 문왈,

「그 사람이 그저 있더냐.」

홍애 왈,

「아까 소비가 소저의 말씀을 전한즉, 종생이 속이므로 責(책)하며 落膽喪魂(낙담상혼)*하여 무료히 섰더니 응당 그저 있을 듯하여이다.」

소저 왈,

「연즉 네가 다시 나가 이르되, 이 수건이 나의 가졌던 것이 아니니 도로 가져가고 본 수건을 달라 하라.」

한데 홍애가 거짓 모르는 체하고 대답한 후 나와 종생을 보고 수건을 드려 왈,

「상공의 所望(소망)이 십분의 일분은 가망이 있나이다.」

생이 大悅(대열) 왈,

「어쩐 말이뇨.」

홍애 왈,

「소비가 들어가 가만히 엿본즉, 소저가 如此如此(여차여차)하시며 다른 수건을 주시며 이리이리하라 하시더이다.」

하거늘, 생이 수건을 받아 가지고 기쁨을 이기지 못하여 다시 물어 가로되,

「그러할진대 장차 어찌하리오.」

홍애 왈,

「소저가 소비를 속여 이 수건을 상공께 드리고 본 수

---

* 낙담상혼 : 몹시 낙담하여 넋을 잃음.

건을 찾아오라 하심은 반드시 상공의 글을 다시 보아 才德(재덕)을 쾌히 알고져 하는 主義(주의)니, 상공은 또 한 글을 지어 써 가지고 명일 다시 이곳으로 오시면 소비가 마땅히 계교를 행하여 相面(상면) 수작하시게 할 것이니, 소저의 천성이 본디 端雅(단아)하시매 서로 볼 때 부디 忠孝(충효)의 리의 말씀으로 담화하시고 행여 그른 뜻으로 대사를 그르게 말으소서. 만일 일호 差錯(차착)*함이 있을진대, 좋은 일이 변하여 도리어 큰 화가 되리니 평생 신세는 의논치 말고 소비의 一命(일명)을 보전치 못할 것이매 상공은 부디 삼가소서.」

생 왈,

「그대는 다시 당부 말라. 내 또한 평생에 덕행을 일삼고 禮儀(예의)를 숭상하나니 피차 일생 신세를 위하여 부득이 하므로 서로 상면 수작코져 하나니, 또한 聖人(성인)이 지으신 예절이 아니어늘 하물며 時俗(시속) 輕薄子(경박자)의 無倫無義(무륜무의)한 행실을 본받아 성현의 죄인이 되고져 하리오. 그러하나 明日(명일) 이곳에 오매 내외가 隔絶(격절)*한지라, 그대를 만나지 못하고 또 전할 사람이 없으면 장차 어찌 處變(처변)*하라 하느뇨.」

홍애가 이윽히 생각하다가 문득 깨달아 가로되,

「이 어렵지 아니한 일이 있는지라. 錦香亭(금향정) 들보 위에 돌로 만든 경쇠를 달았으되 그 소리가 심히 요란하매, 상공이 오시거든 그 경쇠를 한번 울려 표하시면 소비가 즉시 나오리이다.」

하고, 약속을 정한 후 안으로 들어가거늘, 생이 응낙하

---

*차착 : 어그러져서 순서가 틀리고 앞 뒤가 서로 맞지 아니함.
*격절 : 사이가 동떨어져 연락이 아니됨.
*처변 : 일의 기틀을 따라 잘 처리하여 감.

30

고 문으로 나오니 노창두는 已醉하여 잠이 깊이 들었고
충원은 생이 나오기를 기다리고 문에서 彷徨하는지라. 생
이 충원으로 잠깐 酬酌하고 부중으로 들어와 그 수건을
내어 놓고 그 글을 본즉 씌었으되,

  「구슬 같은 태도와 향기로운 몸이 어찌 상례 꽃이리오.

  고운 紅桃花가 물가에 빗김과 같지 못하리로다. 만일

  사람이 물을진대, 하여금 가볍게 여기지 말라.」

하였거늘, 생이 보기를 다하매 그 뜻이 深遠함을 깨달아
이에 筆硯을 내어 그 아래 화답하였으니,

  「푸른 구름이 빨라 신선의 꽃을 護衛하여 너른 하늘에

  적은 길로 들어가도다. 猛烈한 술을 얻고져 함이 어찌

  뜻이 없으리오. 아름다운 꽃밭에 흘러다니고져 하노라.」

하였더라.

  생이 글을 써 소매에 넣고 此夜를 겨우 새워 早飯을 일
찍 먹고 집문을 나서 장차 금이방으로 향코져 하더니, 문
득 사람이 모여오매 묻되,

  「종상공이 어디 계시뇨.」

하거늘 생이 고히 여겨 대답하되,

  「내가 과연 종생이어니와 무슨 일로 찾는다.」

  諸人 왈,

  「상공이 지금 進士 壯元하였으매 우리 등이 榜을 가지

  고 왔나이다.」

하거늘, 생이 기쁨을 이기지 못하여 집으로 돌아와 酒肴
를 장만하여 여러 사람을 먹이고 후히 賞給하여 보낸 후
致賀하는 親朋이 모여 宴飲하니 날이 이미 늦었는지라.
명일 殿試를 보려 할새 場屋諸具*를 준비하여 과장에 나

━━━━━━━━━━
  *장옥제구 : 과장(科場)에 필요한 여러 가지 도구.

아가니 글제를 걸었거늘, 글제를 한번 보고 一筆揮之하
여 마친 후 집에 돌아와 衣冠을 整齊히 하고 나오니 家
中 비복 등이 이르되,

「다른 新榜들은 金花靑衫을 갖추고 倡夫* 才人이 좌우
로 호위하여 영광이 극진하거늘, 상공은 어찌 草草*히
어디로 향하시나이까.」

생이 미소 不答하고 바삐 금이방으로 나아가니 충원이
반겨 맞아 생각하되,

「去日에 와 다녀가더니 오늘 다시 옴은 무슨 苗脈*이 있
도다.」

하고 묻자오되,

「상공이 다시 화원을 보고져 하시면 전일같이 노창두
를 誘引하여 나오리이다.」

하거늘, 생이 웃으며 허락하니 충원이 즉시 노창두를 찾
아 술 먹자 하고 한가지로 나가거늘, 생이 빨리 행하여
후문으로 들어가 금향정에 오르니 인적이 杳然한지라. 들
보를 우러러본즉 과연 石磬이 달렸거늘 마치로 한 번 울
리니 그 소리가 雄壯하여 쇠북소리 같은지라.

선시에 홍애가 종생을 보내고 들어가 소저께 고하되,

「종상공은 세상 俗者에게 비기지 못할 것이요, 속절없
이 草野에서 골몰할 선비가 아니라. 이런고로 어진 配
匹을 만나 평생을 화락코자 함이니 古言에 가라사대,

「어진 신하는 임금을 가리고, 좋은 쇠는 나무를 가린
다」 하였으니 이때를 당하여 서로 가림은 당연한지라.
閨秀의 몸으로 외간 남자를 상대하여 百年佳期를 의논

---

*창부: 남자 광대.
*초초: 간략한 모양. 바빠서 거친 모양.
*묘맥: 일의 내비치는 실머리. 곧 일이 나타날 단서.

함이 혐의롭다 하나 그는 작은 일이요, 어진 군자와 착한 숙녀가 일생 依託(의탁)을 맺음은 큰 일이라. 어찌 작은 혐의를 拘礙(구애)*하여 평생 신세를 그르게 하리이꼬. 종상공이 명일에 그 수건을 가지고 올 것이니 소저는 한번 대하여 수작하시고 아름다운 인연을 굳게 맺으소서. 來頭(내두)* 화복은 소비가 감당하리니 어찌 망령된 말과 迂闊(오활)* 한 일로 소저의 평생을 그르게 하리오.」

하되 소저가 잠소 부답이러라.

차설, 홍애가 금향정 종소리를 기다리되 마침내 蹤迹(종적) 이 없는지라. 가장 의혹함을 마지 아니하더니 그로부터 삼일 오후에 문득 종소리가 狼藉(낭자)히 들리거늘, 종생이 온 줄 알고 바삐 나가 생을 보아 일가 안부를 물은 후 昨日(작일) 失期(실기)한 緣故(연고)를 묻되 생 왈,

「과연 그대를 속임이 아니라, 어제 科擧(과거) 榜(방)에 진사 장원을 하였는고로 금일 선시에 들어가 글을 지어 바치고 나오매 오늘도 자연히 늦었노라.」

하니 홍애가 듣고 대희하여 바삐 들어가 소저께 고한되,

「백릉수건 가져갔던 종상공이 진사 장원을 하였다 하니 기쁨을 測量(측량)치 못하리로소이다.」

소저가 소이 답왈,

「어리다 홍애야, 奇人(기인)이 진사 장원하기로 네게 무슨 즐거움이 있으리오.」

홍애가 대왈,

「상공을 유의한 일이 있으매 자연 그러하거니와, 그러

---

*구애 : 거리낌.
*내두 : 이 때로부터 닥치는 앞. 전두(前頭).
*오활 : 실제와는 관련이 멂. 사정에 어두움. 주의가 부족함.

나 소비가 작일에 본즉 금향정 牧丹花가 만발하여　가
히 봄직하니 소저는 蓮步*를 옮겨 한번 구경하심이 어
떠하니이꼬.」

　소저가 허락하고 홍애로 더불어 금향정에 오르며 눈을
들어 보니 一位 선비가 欄干을 의지하여 섰거늘, 소저가
大驚하여 홍애를 돌아보아 왈,
「이곳이 閨門이어늘 어떤 남자가 들어왔으며, 네 어찌
나를 引導하여 나오게 하뇨.」
하고 몸을 돌려 들어가고져 하는지라. 홍애가 말리며 미
소 왈,
「探花蜂蝶*이 향취를 띠리 桃園에 들어가기를 사양지
아니하나니, 방금 진사 장원한 종상공이 기회를 엿보
고져 하여 금향정에 임하심이 어찌 고이하리오. 已往
에도 소저께 당연한 말씀을 고하였삽거니와 여자가 所
天을 얻음이 신하가 임금을 가림과 같사오니 어찌 小
小한 예절을 구애하여 大事를 어기오며, 성인도 權道*
를 행하는 일이 있나니 이때를 당하여 가히 권도를 행
하실 바이라. 종상공이 만일 뜻이 변하여 소매를 떨쳐
돌아가면 소저가 능히 어디 가 찾으며 후회한들　어찌
미치리이까. 소비 또한 눈어 병이 들지 아니하였으매
어찌 우리 소저의 百年君子를 몰라보리이꼬.」
하며 言畢에 낭연히 웃거늘, 소저가 청파에 秋波를 들어
본즉 종생의 軒昂*한 체모와 俊逸한 풍채가 실로 천하 獨
步할지라, 심중에 흠모함을 마지 아니하며 홍애의 知鑑

---

*연보 : 미인(美人)의 걸음걸이를 비유하는 말.
*탐화봉접 : 꽃을 찾아 다니는 벌과 나비라는 뜻에서 여색에 빠지는 것을 가
　　　　　리키는 말.
*권도 : 수단은 옳지 못하나 목적은 정도에 합당하는 처리 방식.
*헌앙 : 의기가 당당하고 너그러움.

을 칭찬하고 이미 이에 당하여는 천만 부끄럼을 머금고 손을 들어 답례하고 몸을 돌아 向壁하여 홍애의 드린 바 수건을 받아 보고 입을 열어 一言半句가 없으니, 종생이 열중함을 참지 못하여 소저 앞에 나아가 공경하여 왈,

「소저가 紅脣*을 닫아 답언이 없사오니 이 아니 소생의 용렬함에 수작하여 주지 아니하며 黙黙無言하심이니이까. 생은 부끄러 베풀 말이 없으니 소저는 한 말씀만 하여 생의 去就를 정케 하소서.」

하거늘, 소저가 沈吟良久에 사세가 난처함을 헤아려 겨우 입을 열어 가로되,

「성히 慰藉*하시는 뜻을 능히 감당치 못할까 惶愧*할 지언정 어찌 너른 소견이 있으리이까.」

하니 생이 그제야 소저가 微微*치 아니함을 알고 이에 가로되,

「남가여취는 自古 상사라. 피차 만남이 여의치 못한즉 종선 화근뿐 아니라 門戶에 역시 대불행인고로 생이 소저의 香名을 우뢰같이 듣고 매양 關雎篇을 외워 피차 일생을 동락코져 하여 萬端辛苦를 不避하고 이에 이르렀으니 소저는 익히 생각하소서.」

소저가 청파에 흔연 왈,

「대저 혼인은 인륜대사라 生民之始며 萬福之源이니 양가 부모가 主婚하고 매파로 議婚하여 于歸*함이 떳떳한 일이어늘, 이제 첩은 규중처녀로 부모가 在堂하신

---

*홍순 : 여자의 붉은 입술. 반쯤 핀 꽃송이의 비유.
*위자 : 위로하고 도와주는 일.
*황괴 : 황송하고 부끄러움.
*미미 : 아주 보잘 것 없음.
*우귀 : 신부(新婦)가 처음으로 시집에 들어가는 일. 우례(于禮).

지라. 어찌 스스로 대사를 擅斷*하리오. 군자가 媒婆를 보내고 부친이 허락하시면 첩은 다만 天意를 쫓을 따름이요, 다른 소견은 없나이다.」

생이 다시 謝禮코져 할 즈음에 문득 문 밖에 들리며 여러 사람이 들어오는지라. 생이 驚訝하여 눈을 들어본즉, 소저는 벌써 안으로 들어갔고 홍애는 惝怳*하며 생께 고왈,

「우리 老爺가 들어오시니 상공은 급히 몸을 숨겼다가, 틈을 얻어 평안히 돌아가소서.」

하고 바삐 들어가거늘, 생이 비로소 정자에 내려 石假山 뒤에 몸을 감추어 동정을 살펴본즉 갈어사가 이태백과 朴子美로 더불어 성의 경치를 유람하고, 인하여 한가지로 들어와 금향정에 올라 坐定한 후 酒饌을 배설함을 분부하는지라.

생이 호흡을 낮추고 죽은 듯이 숨었더니 날이 늦어 이미 달이 동산에 오른지라. 마음에 悶鬱하여 몸을 일어나 갈 곳을 살핀즉 한 곳에 늙은 버들이 늘어져 담에 걸쳤거늘, 다행히 여겨 그 나무를 攀緣*하여 담을 넘어서니 그곳이 또한 뉘 집 동산이라. 화초와 樓臺 等物이 화려하여 葛部 화원에서 倍勝한지라. 아무데도 갈 줄 몰라 자못 방황하더니, 문득 시비가 급히 들어와 생의 소매를 잡고 등을 밀어 가기를 재촉하거늘, 생이 아무런 줄 모르고 물어 가로되,

「이 집은 뉘 댁이며 어찌 사람을 이다지 구박하느뇨.」

그 시비가 대답 왈,

＊천단 : 제 마음대로 처단함.
＊창황 : 당황.
＊반연 : 기어 올라감. 의뢰(依賴)하여 출세함. 속된 인연에 끌림.

「이곳은 當今 천자의 寵愛하시는 양귀비의 형 虢國夫
人의 댁이어늘, 그대는 어떤 사람이관데 어찌 放恣히
들어왔느뇨. 부인이 마침 후원에 나와 계시다가 그대
를 보시고 잡아 오라 하시니 바삐 가자.」
하거늘, 생이 하릴없어 몰리어 樓下에 이르러 눈을 들어
본즉 水晶簾을 산호 갈고리에 걸고 주홍 탁자에 일위 부
인이 앉았다가 생을 보고 敬待*하는 기색으로 탁자에 내
려서며 시비로 하여금 생을 붙들어 堂에 올리라 하거늘,
생이 사양치 아니하고 당에 올라 좌정하니 그 부인이 문
왈,

「그대는 어떤 사람이며 성명은 뉘인데 무슨 일로 이곳
에 들어왔느뇨.」

생이 바로 이르기 좋지 아니하여 이에 대답하되,
「생이 春景을 탐하여 점점 散步하여 깊이 들어오는 줄
몰라 이에 이르렀사오니 죄를 용서하소서.」

부인 왈,
「그런 일은 혹 고이치 아니하나, 내 禁中* 출입이 종
종하여 수다 朝官을 보았으되 그대 같은 소년 英風*을
보지 못하였더니, 이제 그대를 당하매 愛重함이 비할
데 없도다.」

하고 시비를 명하여 주찬을 갖추어 款曲히 대접하고 밤
이 새매 다시 設宴하여 즐기고져 하거늘, 생이 이에 부
인께 청하여 왈,
「생이 과연 진사 장원을 하여 殿試를 보고 待榜하다가
춘경을 탐하여 우연히 貴宅 화원에 들어왔삽다가 부인

---

*경대 : 공경하여 접대함.
*금중 : 궁궐의 안. 궐내(闕內).
*영풍 : 영걸스러운 풍채(風采).

의 관대하심을 입사오니 不勝(불승) 감격이라. 이렇듯 사랑
하시는 데 어찌 事根(사근)을 隱諱(은휘)하리오. 생의 성명은 과연
종경기러니, 오늘 전시 방이 나올 것이매 바삐 돌아가
대방함을 바라나이다.」

부인이 더욱 喜悅(희열)하여 가로되,

「그러한즉 빨리 돌아가 대방하려니와 老身(노신)이 우연히 그
대를 만나 불승 欽仰(흠앙)*하더니 事故(사고)가 여차하여 이별을 당
하매 悵然(창연)한 회포가 가장 無窮(무궁)하도다.」

하고 시비를 명하여 동산 후문으로 인도하라 하니 생이
厚恩(후은)을 稱辭(칭사)하고 시비를 따라 후문으로 나와 부중으로 향
하더니, 여러 사람이 오며 이르되,

「金榜(금방) 장원 종상공이 분명 어디 가 죽었도다. 장안을
두루 찾되 마침내 종적이 없으니 이런 괴이한 일이 어
디 있으리오.」

하거늘, 생이 이 말을 들으매 滿心歡喜(만심환희)하여 바삐 가더니
문득 횃불과 燈籠(등롱)*이 大路(대로)에 照耀(조요)하여 사람을 치울 즈음
생이 무심중 길을 건너더니 문득 군사가 달려들어 稜杖(능장)*
으로 지르며 꾸짖어 왈,

「네 어떤 사람이관데 관원 가시는 길을 범하나뇨.」

하며 구박이 태심한지라. 생이 憤怒(분노)함을 참고 가로되,

「너희는 나를 함부로 핍박치 못하리라. 내 비록 행색
이 초초하나 신방 장원한 종경기로다.」

하니, 그제야 군사가 능장을 버리고 달아들어 붙들어 일
으키는지라.

---

* 흠앙 : 공경하여 우러러 사모(思慕)함.
* 등롱 : 대오리나 쇠사슬로 살을 만들고 종이를 씌워 둥글거나 모나게 만들
　　　어 그 속에 촛불을 켜는 기구. 걸어 놓기도 하며, 작대기에 달아 들
　　　고 다니기도 함.
* 능장 : 대궐 문의 출입을 금하기 위하여 어긋맞게 세운 둥근 나무.

이때 상이 과거한 선비를 차례로 引見*하실새, 장원의
종적이 없음을 고이히 여기사 각 처에 下敎하여 宦者* 고
력사로 하여금 한가지로 찾으라 하시니 고력사가 朝旨*
를 받자와 우림대장군 진원혜로 더불어 下屬을 거느리고
나오다가 中路에서 喧譁*함을 보고 연고를 묻되 군사놈
이 왈,

「장원이 여기 있나이다.」

하거늘, 兩人이 기뻐하여 하속더러 분부하여 종생을 말
에 태워 앞세우고 바로 闕下에 이르러 종생을 인도하여
천자께 拜謁한데 상이 가라사대,

「네 어디 갔다가 朝命을 遲緩*하뇨.」

장원이 대왈,

「신이 마침 異人을 만나 종남산에 들어갔다가 길을 잃
고 방황하옵기로 皇命을 趁時 奉承치 못하였사오니 황
공 대죄로소이다.」

상 왈,

「소년 선비가 탐경 유함이 어찌 괴이하리오.」

하시고 즉시 翰林學士를 제수하시며 어화 紅衫과 청동쌍
개를 주시니 한림이 謝恩하고 물러 나올새, 金鞍白馬를
타고 창부 재인이 호위하여 나오니 道路 관광자가 뉘 아
니 칭찬하리오.

본부에 돌아와 밤을 지내고 이튿날 遊街할새, 서임대
신 이임보와 양국충을 보고 인하여 괵국부인 부중에 나
아가 名帖을 드리니 시비가 나와 고하되, 부인이 今朝에

---

*인견 : 웃사람이 아랫사람을 불러 봄.
*환자 : 내시(內侍).
*조지 : 조정의 의사(意思).
*훤화 : 지껄여 떠듦.
*지완 : 더디고 느즈러짐.

후궁 낭랑의 청함을 인하여 궐내에 들어가셨다　하거늘,
생이 창연하여 후일 다시 오기를 이르고 말머리를 돌리
어 갈어사 부중에 나아가며 헤오되, 「내　마땅히　갈어사
를 보고 求婚하여 저의 허락을 받아 백년가기를 맺음이
어찌 쾌치 아니하리오」 하고 행하여 갈부에 이른즉 대문
을 封鎖하고 인적이 고요하거늘 한림이 크게 疑怪하여 연
고를 묻고져 하나 향하여 물을 곳이 없어 방황하다가 下
吏를 명하여 후원 문 앞에 가 충원을 불러 오라 하니, 이
윽고 충원이 이르러 馬下에서 절하고 경사를 만만 치하
하는지라. 한림이 다소 折花를 물리치고 갈어사 부중 곡
절을 탐문하니 충원이 ㄱ하되,

「소복이 그 實事는 자세치 못하거니와 작일에 홀연히
천자가 갈어사 노야를 범양 첨판을 하게 하여 즉일 發
行하라 하시매 일시 遲留치 못하고 금일 아침에 가속
을 거느려 任地로 갔나이다.」

하니 한림이 청파에 大驚且愕하여 일장 탄식하고,　인하
여 충원을 데리고 부중에 돌아오매 충원은 기뻐하나　한
림은 갈소저의 花顔 玉音이 눈에 암암하고 귀에 쟁쟁하
여 일시를 잊을 길이 없어 다만 遠天을 悵望*하여 長吁短
歎일 뿐이러라.

화설, 갈어사의 명은 太古요 자는 천민이니, 소년 등
과하여 벼슬이 御史太傅에 이르렀으매 부귀가 일세에 으
뜸이요 물망이 조야에 赫赫하는 바이로되,　年期 五旬에
한낱 아들이 없고 또한 失偶之歎을 겸하여 다만 일녀를
두었는지라. 어사의 천품이 剛毅正大*하여 부귀를 厭避*

*창망 : 시름 없이 바라봄.
*강의정대 : 의지가 강하고 바르고 옳아서 권력이나 금력에 굴하지 아니함.
*염피 : 마음에 싫고 꺼려서 피함.

하며 詩酒로 일삼아 이태백과 賀知章과 杜子美로 더불어 의기 상합하여 매일 追逐*하는지라.

　일일은 갈어사가 이백으로 더불어 하지장 부중에 이르러 종일 술 먹다가 석양에 취하여 돌아올새, 騶從 하숙 등은 뒤에 따라오라 하고 태백이 어사의 손을 잡고 緩步로 행하더니 금마문 앞에 다다라 문득 한 사람이 홍조 옷으로 금띠를 두르고 白馬金鞍에 높이 앉아 추종 백여 명이 전후로 擁衛하여 안으로부터 달려 나오거늘, 태백이 醉眼이 몽롱하여 이윽히 보다가 물어 왈,

「이 뉘관데 이에 이렇듯 富盛하뇨.」

하리가 고왈,

「節度使 안노야의 行車로소이다.」

태백 왈,

「安祿山이 본디 북방 오랑캐로서 감히 우리 翰院 名士 출입하는 문으로 방자히 말을 달려 행하리오.」

하거늘, 갈어사가 손으로 태백의 입을 막으며 왈,

「형이 어찌 視界를 모르고 망령된 말을 내어 스스로 화를 취코져 하느뇨.」

言未畢에 녹산이 앞에 다다라 말에서 내려 읍하여 왈,

「양위 名公이 어디로 徒步하여 가시니이꼬.」

하니 어사는 팔을 들어 답을 하되 태백은 진목 大叱 왈,

「네 오랑캐로서 감히 한원 명사를 보고 揖하기를 잘하는다.」

녹산이 大怒 왈,

「너희 같은 썩은 선비가 좀체로 문장을 믿고 어찌 감히 나를 이렇듯 업수이 여기느뇨. 내 征伐하여 토지를

---

*추축 : 벗 사이에 서로 왕래하며 교제함.

넓힌 공이 있는고로 천자가 禮待(예대)하시고 귀비가 낭랑히 거두어 아들을 삼으시매 滿朝(만조)가 다 나를 기대하거늘, 여 등은 國祿(국록)을 먹으며 국사를 살피지 아니하고 다만 주야로 술만 취하여 조정을 慢侮(만모)*하느뇨.」

갈어사 또한 노하여 가로되,

「무지한 胡種(호종)*이 清宦華職(청환화직)*이 불가하거늘, 은총을 믿고 충신을 凌辱(능욕)하는다.」

하니 녹산이 憤氣(분기) 大發(대발)하며 급히 말을 달려 이임보 부중으로 가 임보를 보고 이와 갈 양인에게 욕을 무수히 받음을 做作(주작)*하여 雪恨(설한)하기를 고하니라.

차설, 이임보가 안녹사의 말을 듣고 沈思(침사)* 良久(양구)*에 왈,

「이태백은 상총이 隆重(융중)하니 猝然(졸연)*히 해치 못하려니와, 갈태고는 제어하기 쉬우니 내 당당히 雪恥(설치)*할 것이매 그대는 너무 조급히 굴지 말라.」

안녹산이 不悅(불열) 왈,

「이태백은 먼저 소생을 受辱(수욕)*하기를 노예같이 하고 갈태고는 오히려 脅從(협종)이어늘, 閣下(합하)가 태백을 범치 못하리라 하심은 무슨 곡절이니이꼬.」

이임보 왈,

「태백이 전일 상림원에서 清平詞(청평사)를 지으매 천자가 칭찬하사 각색 보물을 賞賜(상사)하시니, 그 신은 바 木靴(목화)를 고

---

*만 모 : 오만한 태도로 남을 업신여김.
*호 종 : 만주의 인종(人種)이나 물종(物種).
*청환화직 : 학식과 문벌이 높은 사람이 하는 높고 화려한 관직.
*주 작 : 없는 사실을 꾸며 만듦.
*침 사 : 정신을 한 곳으로 모아서 깊이 생각함.
*양 구 : 얼마 있다가. 한참 있다가.
*졸 연 : 갑작스러움.
*설 치 : 부끄러움을 씻음.
*수 욕 : 남에게 모욕을 당함.

력사로 하여금 벗기사 尊寵하심이 이 같으시매 아직 도
모치 못하리니 來頭에 틈을 얻어 설분하려니와 갈태고
는 명일 朝會에 아뢰리라.」

하니 녹산이 대희하여 물러갔더니, 명일 조회에 이임보
가 들어가 上訴하여 갈태고의 功臣을 능욕하고 조정을 만
모하는 죄를 얽어 아뢰니, 천자가 과연 信聽하사 임보더
러 갈태고 다스릴 바를 물으시되 임보가 乘間*하여 갈태
고의 없는 허물을 무수히 참소하고 國邊遠竄*함이 합당할
줄로 아뢰니 상이 宣知하사 즉시 전교하사 왈,

「갈태고의 죄상이 원찬함즉하되 특별히 짐작하여 范陽
첨판을 하이나니 즉일 發送하라 하시거늘, 만조 문무
가 갈태고의 淸直함을 항상 흠앙하던 바로 저마다 歎
惜하나 임보의 위권을 두려워하여 究覈*할 뜻을 두지
못하더라.

이때 갈태고가 부중에 한가히 있더니 불의에 聖旨를 받
아보고 작일 안녹산과 言詰*한 연고인 줄 알고 내당에 들
어가 女兒더러 안녹산과 언힐하던 사연을 일러 왈,

「이제 이놈이 이임보에게 아첨하여 上意*를 돋우어 성
지가 이 같으시니 타일 伸冤함이 묘연한지라. 그러하나
상명이 급하시매 일시를 遲緩치 못할지니 너를 장차 어
찌하리오. 萬里 險程에 한가지로 가기도 어렵고 빈 집
에 子子 아녀자가 홀로 있기도 또한 난처하니 어찌 하
여야 좋으리오.」

하고 길이 탄식하거늘, 소저가 청파에 心魂이 비월하여

---

*승간 : 틈을 탐. 겨를을 이용함.
*국변원찬 : 먼 곳으로 귀양을 보냄.
*구핵 : 깊이 살피어 밝힘.
*언힐 : 말로 잘못을 꾸짖고 나무람.
*상의 : 임금의 마음. 웃사람의 마음.

침음반향에 왈,

「소녀의 命數가 다 천하여 일찍 모친을 여의고 다만
爺爺를 의지하옵더니 千萬意外 이 지경을 당하오매 천
지가 아득하온지라. 다시 이곳에서 누구를 의지하오며
부친이 이제 가시면 돌아오실 期約이 또한 묘연하오니
쫓아가다가 中路에서 죽사와도 야야를 따라갈 밖에 다
른 계교가 없나이다.」

어사가 탄왈,
「此亦 天意니 설마 어이하리오.」
하고 즉시 行裝을 수습할새 勤實한 노비를 명하여 집을
지키어 家廟*를 모셔 받들라 분부한 후 여아를 데리고 길
을 행하여 범양으로 행하니라.

차설, 갈어사가 親朋을 이별하고 길을 재촉하여 여러
날 만에 범양에 이른지라. 군관 하리가 백리 밖에 나와
迎接하여 들어가 도임한 후 소저는 內衙*에 安頓하니라.

차시 종한림이 충원의 傳言으로 갈어사가 범양으로 내
치어 急馬下送*함을 들었으나 무슨 연고인 줄 몰라 疑
訝하더니, 삼일 유가 후 한림원에 入直하였다가 비로소
안녹산과 이임보의 弄權*인 줄 알고 不勝慷慨*하여 즉시
상소를 지어 올리니 가라사대,

「대저 임금이 세상을 馭車*하매 紀綱이 있은즉 조정이
바르고, 조정이 바른즉 백성이 恭敬하고, 백성이 공경
한즉 사방이 悅服하나니 이제 안녹산은 곧 오랑캐라.

＊가묘 : 한 집안의 사당(祠堂).
＊내아 : 지방 관청의 안채.
＊급마하송 : 무슨 일이 있을 때에 지방 관원에게 말을 주어 급히 파송(派
　　　　送)하는 일.
＊농권 : 권력을 제 마음대로 씀.
＊불승강개 : 의롭지 못한 것을 보고 정의심이 북받치어 참지 못함.
＊어거 : 거느리어 바른 길로 나아가게 하다.

폐하가 오랑캐를 총애하사 조정에 두어 벼슬이 높고 녹이 중하거늘, 무지한 오랑캐가 오히려 성은이 罔極(망극)함을 생각지 아니하고 제 근본을 잊어 방자한 마음으로 中原 士大夫(중원 사대부)를 능모하여 없는 허물을 做作(주작)*하와 충렬지신을 살해하오되 조정이 그 威勢(위세)를 두려워하여 묵묵 무언하오니 후세에 이만 부끄러움이 없는지라. 신이 그윽이 폐하를 위하와 근심하옵나니, 이제 폐하가 인심을 鎭定(진정)하고 조정을 보전코져 하실진대 안녹산의 머리를 베어 사방에 回示(회시)*하시고 이임보의 벼슬을 罷黜(파출)*하여 국법을 밝히소서.」

하였더라. 상이 覽畢(남필)에 대로 왈,

「소위 종경기가 신임 소년으로 제 무엇을 아노라 하고 감히 국가 공신을 毀詆(훼저)*하며 대신을 論劾(논핵)*하니 그 죄가 장중한지라. 다시 묻지 말고 급경 방형하여 首級(수급)*을 장안 街上(가상)에 달아 후인을 징계하라.」

하시니, 차시 두자미 벼슬이 拾遺(습유)에 거하여 상전에 近侍(근시)*하였는지라. 전교를 듣고 바삐 殿陛(전폐)*에 내려 관을 벗고 叩頭(고두) 주왈,

「自古 以來(자고 이래)로 言官(언관)이 무죄히 죽지 아니하였으매, 이제 종경기가 사세를 모르옵고 天威(천위)를 觸犯(촉범)*한 죄가 적지 아니하옵거니와, 만일 종경기를 베이시오면 이후 언관이 비록 아뢸 말씀이 있사와도 겁하여 감히 일언을 開(개)

---

*주작 : 주출(做出).
*회시 : 죄인을 끌고 다니며 여러 사람에게 보임.
*파출 : 직무를 면제(免除)시킴.
*훼저 : 헐뜯음. 흉봄.
*논핵 : 허물을 탄핵함.
*수급 : 싸움터에서 베어 얻은 적군의 목.
*근시 : 임금을 가까이 모시는 신하.
*전폐 : 임금이 거처하는 궁궐의 섬돌.
*촉범 : 꺼려 피할 일을 저지름.

口치 못하오리니 조정의 언관이 없사온즉 군신 상하가
두려움이 없사와 기강이 懈怠하오리니 伏願 폐하는 엄
위를 낮추시고 다시 종경기 논죄하심을 바라옵나이
다.」

상이 그 말을 옳게 여기사 刑部에 하교하사 종경기를
西天萬戶로 내쳐 즉일 발송하라 하시니 한림이 朝旨를
받자와 충원을 분부하여 뒤를 따라오라 하고 말에 올라
행할새, 여러 날 만에 西蜀地境에 이르러 산은 높고 길
은 험하고 물은 많으매 진실로 촉도란이라. 태백산을 넘
어 구절관을 지나 한 산에 다다라 큰 비가 담아 붓듯이
오고 일세*는 지물배 가위 進退維谷이라. 방황 주저하여
한 곳을 바라본즉 한 골 안에 연기가 자욱하거늘, 한림
이 말을 재촉하여 들어가니 과연 大刹이 있으되 懸板에
명경사라 하여 牆垣*이 頹落하고 인적이 없는지라. 한림
이 마지 못하여 法堂에 들어간즉 약간 중이 있으나 한림
의 행색이 초췌함을 보고 멸시함이 滋甚*하매, 심중에 가
장 불쾌하여 충원으로 하여금 노승을 불러 가로되,
  「나는 경성 사람으로 서천에 가더니 深山 無人處에서
  大雨를 만나 의지할 곳이 없으매 이곳으로 인적을 찾
  아 왔나니, 老師는 깊이 생각하여 자비지심을 爲主하
  라.」
하니 노승이 고개를 숙이고 침음하다가 대왈,
  「俗人이라도 급박한 사람을 구함이 옳거늘, 하물며 중
  생이 되어 汎然하리오마는 절이 퇴락하여 중이 다 離
  散하옵고 여간 있는 중이 또한 생계 무료하온 연고로

---

*일세 : 날씨
*장원 : 담.
*자심 : 점점 더 심함.

상공을 자연 外待하옴이니 복원 상공은 허물치 마시
고 禪房으로 드소서.」

하거늘, 한림이 기뻐하여 즉시 선방에 좌를 정하고 충원
으로 하여금 양식 값을 주라 할 즈음에 중 하나가 나아
와 익히 보다가 萬福을 일컬어 가로되,

「상공은 어디로부터 이곳에 오시니이꼬.」

한림이 살펴본즉 이는 전일 주가에서 使喚하던 놈이라.
문득 반겨 문왈,

「네 어찌 이곳에 있나뇨.」

그 중이 대왈,

「소승이 동서로 遊離하옵다가 이곳에 이르러 削髮하였
삽거니와 상공의 연고를 알고져 하나이다.」

한림 왈,

「나는 국가에 得罪하여 서천 만호로 가다가 산협에서
日暮할 뿐 아니라 避雨하려 이곳에 들어왔노라.」

이 중이 가로되,

「이미 들어와 계시매 금야를 歇宿*하시고 명일 우세를
보아 행하소서.」

하고 同類를 지휘하여 석반을 올리거늘, 한림이 먹기를
다한 후 벽을 지어 잠이 朦朧하였고 충원은 말을 먹이노
라 잠을 이루지 못하더니, 야심한 후 비 그치고 달이 밝
은지라.

충원이 다시 나가 말 여물을 주고 들어올새 문득 부엌
에 불이 비치며 인적이 있거늘, 가만히 문틈으로 엿본즉
여러 중이 돼지를 삶으며 서로 의논하되,

「오늘 들어온 손의 行色이 범연한 사람으로 여겼더니

---

* 헐숙 : 묵음, 숙박함.

이제 들은즉 서천으로 가는 官行^{관행}이라 하니 반드시 後^우
患^환이 있을 것이요. 비록 행장이 草率^{초솔}*하나 한두 가지
보화는 있을 것이니 금야에 마땅히 두 사람을 죽여 그
行李^{행리}를 앗고 또 후환을 없이 함이 좋으리라.」

하며 서로 응낙하는지라.

충원이 듣고 대경실색하여 살펴본즉 한림과 수작하던
중이어늘, 바삐 한림 있는 곳에 나아가 몸을 흔들어 깨
우니 한림이 놀라 가로되,

「무슨 일이 있나뇨.」

충원이 손을 저으며 귀에 대고 중놈의 수작하는 首末^{수말}
을 자세히 고하니 한림이 듣고 기로되,

「일이 이 같을진대 우리 사생이 頃刻^{경각}에 있으니 장차 어
찌하리오.」

충원 왈,

「사세가 急迫^{급박}하였사오매 바삐 도망함이 좋을까 하나이
다.」

하고 한림의 손을 이끌어 뒷담을 넘어 指向^{지향}없이 가더니,
한 곳에 다다라서는 사면이 절벽이요 길이 끊어졌는지라.
겨우 險阨^{험악}한 곳을 辛苦^{신고}히 넘어간즉 茫茫大海^{망망대해}가 하늘에 닿
았거늘, 한림이 망조하여 하늘을 우러러 탄식뿐이더니 문
득 난데 없는 큰 범이 내달아 앞을 막아 고함하며 뛰놀
거늘, 한림 奴主^{노주}가 대경하여 수풀에 숨어 거꾸러졌다가
충원이 잠깐 눈을 들어 살핀즉 월하에 한 사람이 岩上^{암상}으
로 지나거늘, 충원이 소리를 나직이 하여 사람을 살리라
하니 其人^{기인}이 또한 놀라 수풀을 굽어보며 가로되,

「어떤 사람이관데 이 험한 深山^{심산}에 있나뇨.」

＊초솔 : 거칠고 엉성함.

하거늘, 충원이 손을 들어 범을 가리키니 기인이 급히 손으로 범의 다리를 잡아 부러뜨리니 범이 소리를 지르고 죽는지라. 기인이 다시 전후 緣故를 묻거늘, 한림이 그 제야 정신을 진정하여 몸을 일어 再拜 대왈,

「소생은 장안 사람으로서 급제한 후 한림학사로 있어 간신을 毁詆하여 상소하였더니 天怒를 만나 서천 만호로 내치어 가다가 한 절을 얻어 헐숙할새, 불의 도적을 만나 殘命을 도망하여 이곳에 이르러 또 범을 만나 하마 명을 마칠라니 천만 뜻밖에 尊公의 구하심을 입사오매 그 은덕이 천지 같삽거니와 존공의 尊姓大名을 알고져 하나이다.」

기인 왈,

「나는 산중에 있어 밭갈기와 김매기를 일삼아 세월을 허비하더니, 오늘 마침 비 그치고 월색이 照耀하매 심회를 위로코져 하여 우연히 이곳에 이르렀다가 그대의 위태함을 구하였거니와, 이제 그대의 말을 들은즉 그 고생함이 진실로 가련한지라. 모름지기 한가지로 내 집에 가 밤을 지내고 길을 행함이 어떠하뇨.」

하며 재삼 재촉하거늘, 한림이 치사하고 그 사람을 따라 한 곳에 다다르니 수간 초옥이 산수를 의지하였는데 장원이 높고 문전이 深邃한지라.

기인이 한림 노주를 문 밖에 세우고 몸을 숏구쳐 담을 넘어 들어가 문을 열고 나와 맞아 客室에 인도하고 술을 내어 와 두어 순배를 권하거늘, 한림이 두어잔을 마시매 비로소 정신이 灑落하고 의사가 爽然*한지라. 인하여 説話를 수작할새 동방이 이미 밝았으며 기인을 본즉 身長

---

*상연 : 심신(心身)이 다 상쾌한 모양.

이 구척이요, 입이 귀에 닿았고 소리가 쇠북을 울리는 듯
하니 진짓 일세 영웅이러라.

이윽고 조반을 파한 후 한림의 손을 잡고 가로되,
「내 이제야 그대의 정직 端雅함을 알았는지라. 근본을
이르고 청할 일이 있으니 가히 들을소냐.」

한림 왈,

「가르침을 듣고져 하노라.」

기인 왈,

「나는 이곳 사람 雷萬春이더니, 형제가 의지하되 家兄
은 어려서부터 앞을 보지 못하며 心火를 이기지 못하
여 거문고 타기를 일삼는시라. 전자가 詔書*하여 천하
의 音律 아는 사람을 가릴새, 가형이 또한 그 중에 들
어 京城에 올라가고 다만 姪女 하나가 있는지라. 내 또
한 喪妻하고 자식이 없으매 오직 叔姪을 의지하여 세
월을 보내고 세상에 나가 심회를 開豁*할 기약이 없는
지라. 질녀가 비록 산중 천인으로 聞見이 庸愚*하나 군
자의 巾櫛을 받들어도 욕되지 아니할 것이매 그대로 배
필을 삼아 일생을 濟度코자 하나니, 그대 능히 더럽다
말고 容納하심을 바라노라.」

한림이 듣기를 다하매 몸을 일어 절하여 왈,
「생이 再生之恩*을 생각할진대 비록 水火라도 사양치
못하려든 하물며 숙녀 가인으로 許婚코자 하시니 더욱
지극하신 은혜로되, 그 중 난처한 일이 있기로 주저하
나이다.」

---

*조서 : 제왕의 선지(宣旨)를 일반에게 알릴 목적으로 적은 문서. 제서(制
　　書). 조명(詔命).
*개활 : 막힘이 없이 앞이 너르게 트이어 열림.
*용우 : 용렬하고 어리석음.
*재생지은 : 죽게 된 것을 살려 준 은혜.

뇌만춘 왈,

「그 曲折을 듣고져 하노라.」

한림 왈,

「다름이 아니라 생이 과거 전에 어사 태부 갈태고의 여아로 혼인을 金石같이 기약하였더니, 생이 의외 이 지경을 당하여 미처 成禮치 못하였으나 필경 저버리지 못하올 터이오매 尊命을 받들지 못할까 하나이다.」

뇌만춘 왈,

「그 말이 또한 고이치 아니하거니와 그대는 立身揚名* 한 군자라. 어찌 兩妻를 거느리지 못하며 하물며 생은 심산에 처한 사람이라. 아무리 이후에 구하나 그대 같은 人傑*을 어디 가 얻으리오. 질녀로 하여금 그대의 婢妾 항렬에 처하여도 생은 영화로이 알지니 그대는 재삼 생각하라.」

한림 왈,

「大人의 은혜 비할 데 없거늘 어찌 슈姪女로 첩항에 두리오.」

뇌만춘 왈,

「가형의 이름은 해청이요, 질녀는 천년이라. 대저 가는 넌출*이 큰 나무에 의지하니, 원컨대 그대는 稱託치 말고 쾌히 허락하라.」

하니 한림이 능히 면치 못할 줄 알고 이에 가로되,

「대인은 이렇듯 누누히 간청하심을 생이 차마 저버리지 못할지라. 만일 副室로 허하시면 마땅히 존명을 받들리이다.」

＊입신양명 : 출세하여 자기의 이름이 세상에 들날리게 됨.
＊인걸 : 특히 뛰어난 인재(人材).
＊넌출 : 길게 벋어 나가 너절하게 늘어진 줄기.

하거늘, 뇌만춘이 대열하사 칭사 왈,

「그대의 허락을 들으매 이제 죽어도 한이 없으리로다. 금일이 곧 黃道 길일이니 당당히 성례하여 良辰*을 허송치 말지어다.」

하고 안으로 들어가거늘, 차시 충원이 이 거동을 보고 한림께 고왈,

「혼인은 인륜대사이어늘 이 窮谷에 있는 처자의 善惡을 알지 못하고 어찌 허술히 허락하여 즉석에 성례코져 하시나이까.」

한림 왈,

「네 말도 옳거니와 이제 저 사람의 구활한 은혜를 입은지라 제 偏性*으로 청함을 면치 못하매, 차라리 일찍 順從하여서 終을 보고져 함이니 너는 모름지기 염려 말라.」

하더니 이윽고 뇌만춘이 나와 한림을 청하거늘 한림이 들어가 配席에 서매 만춘이 신부를 이끌어 나와 서로 禮拜할새, 한림이 눈을 들어 신부를 살핀즉 신장이 팔척이요, 어깨는 두자요, 손은 무릎을 지나고 얼굴은 脂粉으로 다스리지 아니하였으나 聲貌*는 추수를 시기하고 蛾眉는 춘산을 빗긴 듯하며 귀 밑은 백옥으로 깍은 듯하고 兩頰은 도화가 이슬을 머금은 듯한지라. 한림이 한번 보매 심중에 헤오되,

「저 여자의 외모를 본즉 窈窕한 숙녀는 아니로되 軒昂한 기상과 준일한 풍채는 진짓 치마 두른 丈夫요, 비녀 꽂은 군자라.」

---

*양신:좋은 때. 가기(佳期).
*편성:편벽된 성질.
*성모:음성(音聲)과 용모(容貌).

하며 못내 欽服* 칭선하더니 예를 마친 후 좌를 정하매,
만춘이 불승 환희하여 술을 내어 와 친히 잔을 부어 한림
을 권하여 왈,
　「심산궁곡일 뿐더러 별안간 婚事를 이루매 다만 薄酒
　山菜뿐이니 어찌 족히 허물하려오.」
하며 연하여 잔을 날려 담화하다가 일모하매 한림이 뇌
씨 침소로 돌아가 房中을 살펴본즉, 여자에게 당한 針線
紡績의 기물은 하나도 없고 벌인 바가 오직 弓矢* 槍劍
뿐이라. 일변 놀라고 일변 고히 여기다가 다시 생각하되,
　「그 所以然*을 알 길 없으매 가장 의아한 일이로되 事
　已至此*하였으니 피할 묘책이 없는지라. 知而不知*하
　여 내두를 보리라.」
하고 유유히 앉았다가 밤이 깊으매 뇌씨의 옥수를 이끌
어 금리에 나아가 백년 호연을 맺어 繾綣하신 정이 정히
운우가 무르녹음과 같더라.
　익일에 한림이 만춘으로 담소할새 만춘 왈,
　「질녀가 女行과 부덕이 숙진하거니와 쇄락한 기운과 비
　상한 재주는 여간 졸장부로는 능히 채를 잡지 못할지
　라. 이제 그대의 건즐을 받들매 毫髮도 미흡함이 없으
　리니, 원컨대 후일에 버리지 말음이 어떠하뇨.」
　한림이 대왈,
　「영질녀의 賢不肖*는 생의 집 흥망에 달렸으니 후일을
　어찌 豫度*하리오.」

＊흠복 : 깊이 흠앙하여 복종함.
＊궁시 : 활과 화살.
＊소이연 : 그렇게 된 까닭.
＊사이지차 : 일이 이미 이와 같이 되어 버림.
＊지이부지 : 알고도 모르는 체함.
＊현불초 : 어진 사람과 불초한 사람.
＊예탁 : 미리 짐작함. 미리 헤아림.

54

하더라.

차설, 이러구러 여러 날이 되었더니 일일은 뇌만춘이 문득 말 길마를 차리며 행장을 收拾하여 왈,

「한림이 皇命을 받아 가는 길에 오래 중간 지체함이 臣者의 도리가 아니요, 질녀가 이미 사람을 섬기매 그 뒤를 따름은 夫唱婦隨하는 도라. 내 마땅히 질녀와 한림을 護送하리라.」

하고 집 문을 잠그고 삼인이 충원을 데리고 이날 發行하여 서천으로 향하니 그 행색이 심히 초췌한지라.

千辛萬苦하여 여러 날 만에 검각을 넘어 산관을 지나서 천지경에 이르니 서천 관속이 이 소식을 듣고 백리정에 나와 迎接하여 관아에 도임하여 일행이 각기 처소에 安頓하니 비록 작은 고을이나 산천이 수려하고 水土가 좋으며 所産*이 갖은 곳이더라.

이렇듯 삼일이 지난 후 만춘이 행장을 수습하거늘, 한림이 驚訝하여 가로되,

「이제 어디를 가시려 하고 망령되이 말 길마를 차리니이꼬.」

만춘 왈,

「심중에 가기를 決斷하였으매 어찌 缺然치 아니하리오마는, 가형을 보고 싶은 마음이 살 같아서 걷잡을 길이 없는지라. 이제 바로 장안으로 들어가 가형의 종적을 찾고져 하나니, 후일 반드시 만날 기약이 있을 것이매 다만 그간 保重하라.」

하고 다시 한림의 답언을 기다리지 아니하고 드디어 말을 이끌어 官門을 나서며 채를 빼어 말을 몰아 행하니 그

---

*소산 : 생기어 나는 바.

빠름이 나는 새 같은지라. 한림이 挽留하기는 고사하고
미처 言語 문답할 사이가 없이 恝然히 감을 보고 일변 悵
怏*하며 일변 의아하더라.

　이때 뇌만춘이 필마 單騎로 주야 倍道하여 여러 날 만
에 장안에 득달하여 목이 심히 간갈하매 말을 柳下에 매
고 주가를 찾아 술을 사 먹을새, 문득 한 사람이 들어오
되 신장이 구척이요, 눈썹 사이가 너르고 눈이 길며 입이
크고 모지며, 기상이 雄偉하고 行止가 出類*하니 진실로
당시 영걸이라. 서로 익히 보다가 뇌만춘이 먼저 예하고
물어 가로되,

「尊客은 어디 계시며 존성을 뉘라 하나뇨.」

기인이 답례 왈,

「僕은 장안 사람 南霽雲이러니 酒家를 찾아 두루 娛遊
하다가 오늘날 마침 이곳에 이르렀더니, 귀댁이 이름
을 보고 심중에 자연 반가와 쫓아오노라.」

뇌만춘 왈,

「나는 西蜀 사천 사람 뇌만춘이어니와 금일 彼此가 만
남이 하늘이 지시하심이니 어찌 우연한 일이리오.」
하며 술을 내어 와 여러 順을 지내매 남제운이 뇌만춘의
손을 잡고 가로되,

「그대의 氣象을 살핀즉 모름지기 서촉 사람에 超出하나
아직 때를 만나지 못하여 豁達한 기운을 펴지 못하는
듯하니 그윽한 심회가 나와 일반이라. 우리 마땅히 오
늘로조차 유관장의 도원결의를 效則*하여 평생 死生苦
樂을 한가지로 할 마음이 있으니 그대의 意向은 어떠

____

＊창결 : 몹시 서운함.
＊출류 : 같은 무리 중에서 뛰어남.
＊효칙 : 본 받아서 법을 삼음.

하뇨.」

뇌만춘이 차언을 듣고 대희하여 일어 사례 왈,

「천하가 비록 廣大하나 내 몸이 의지할 곳이 없기로 장안에 이르러 두루 살피되, 가히 더불어 일을 의논함직한 丈夫 일인이 없으매 방차 한탄하더니 天幸으로 그대를 만나 心曲이 서로 비치어 좋은 말이 伯樂을 만남과 같은지라. 그대 만일 나를 더러히 여기어 버리지 아니할진대, 그대의 말고삐를 잡아도 다른 한이 없을 것이어늘 하물며 형제 結義하여 사생을 한가지로 함을 어찌 사양하리오.」

하고 言畢에 다시 좌를 정한 후 의를 맺어 형제가 될새 만춘은 형이 되고 제운은 아우가 된지라. 서로 기뻐함을 마지 아니하여 술을 내어와 盡醉한 후 만춘 왈,

「현재 장안에 있을진대 거문고 잘 타는 盲人 뇌해청을 아느뇨.」

제운이 답왈,

「대장부가 豪傑을 찾아 志氣를 펴고져 하거늘 어찌 녹록한 風流郎을 알리오.」

만춘 왈,

「형제의 말이 옳거니와 그 맹인은 나의 가형인고로 소식을 探知코져 함이라.」

하니 제운이 답왈,

「少弟가 과연 모르고 失言하였으나 만일 그러할진대 바삐 찾아 보사이다.」

하고 즉시 만춘을 데리고 梨園 習樂하는 곳을 찾아가니 과연 뇌해청이 제자 백여인을 거느리고 풍악을 연습하는지라. 만춘이 사람으로 하여금 통한데 해청이 그 아우 옴

을 듣고 바삐 나와 만춘을 잡고 涕泣 왈,

　「너를 이별한 지 팔년에 死生存無를 전혀 모르매 주야
　思念하는 눈물을 금치 못하더니, 오늘날 서로 만남은 하
　늘이 留意하심이라.」

하고 인하여 만춘의 손을 이끌고 집으로 행하니라.

　대저 뇌해청이 거문고 타기를 잘하는고로 천자가 극히
사랑하사 금은 綵緞을 많이 상사하시매 집이 자연 부요
하여 사치가 극한지라. 중당에 들어가 형제가 서로 懷抱
를 설화할새 해청이 愀然 탄왈,

　「형제가 이리 올 때 여아를 어찌 區處하였나뇨.」

　만춘이 鍾翰林을 만나 성례하던 수말과 서천에 데려 누
고 돌아온 사연을 낱낱이 이르니 해청이 듣기를 다하매
대희 왈,

　「종한림이 大人君子인 줄 익히 들었더니, 이제 여아의
　평생은 족할 것이매 死無餘恨이로다.」

하거늘, 만춘이 또 남제운을 만나 結義한 곡절을 고하니
해청이 더욱 기뻐하여 제운을 청하여 설화할새, 제운이
해청을 長兄으로 대접하여 재배하거늘 해청이 답례 왈,

　「내 비록 눈으로 보지 못하나 귀는 있는고로 그대 智
　略이 過人함을 들었더니, 이제 舍弟*로 더불어 결의하
　였다 하매 기쁘기 측량없는지라. 나 같은 無用之物은
　거리끼지 말고 사방으로 온유하여 지기를 소청하라.」

하고 드디어 은자 백냥을 주어 路需에 보용하라 하니 남
제운 왈,

　「형장의 이르신 말씀은 실로 감당치 못하오나 천만의
　외 중형 같은 영웅을 만났사오매 이제 천하를 遊覽코

─────────────
＊사제 : 남에게 대해 자기 아우의 겸칭.

　져 하나니 형장은 安康하소서.」

하고 만춘은 형을 해포 만에 만나 회포를 다 이루지 못
하여 또 이별을 당하매 결연함을 마지 아니하거늘 해청
이 위로 왈,

　「형제는 쓸데없는 愚兄을 생각지 말고 천하에 遍踏하
　여 아무쪼록 道術 있는 선생을 얻어 입신양명하여 문
　호를 顯達함을 바라노라.」

하니 만춘이 마지 못하여 下直하고 제운으로 더불어 정
처없이 행하니라.

　차설, 이때 뇌만춘과 남제운 양인이 두루 유람하고 路
邊 나무 아래 앉아 서로 담화하더니, 문득 일위 관원이
四輪車를 타고 무수한 추종이 前遮後擁*하여 대로로 지
나다가 양인의 앉은 곳에 다다라서는 문득 수레에서　내
려 양인의 앞에 나와 읍하여 왈,

　「군 등의 動止를 본즉 반드시 時俗庸夫에게 비길 바가

　아니어늘, 어찌 이같이 고단히 노변에 앉았느뇨.」

　양인이 급히 일어 답례 왈,

　「생 등은 四海로 집을 삼아 두루 오유하다가 금일 우
연히 이곳에 이르러 앉아 쉬더니 천만의외 대인이 노
상에서 거마를 굽혀 이 같은 천한 사람을 爲待款接하
심을 입사오니 오히려 惶感無知로소이다.」

　기인 왈,

　「생의 소견이 비록 孤陋하나 그대 등의 기상을 잠깐 본
즉 고양의 술 먹는 사람이 아니라 반드시 亂世를 당하
여 塗炭*에 빠진 백성을 건지고 宗社*를 붙들 재략이 있

＊전차후옹 : 여러 사람이 앞뒤에서 옹위하고 감.
＊도탄 : 진구렁에 빠지고 불에 타는 듯하다는 뜻.
＊종사 : 종묘와 사직. 곧 나라의 복조를 가리키는 말.

나니, 청컨대 그대의 성명을 듣고져 하노라.」

만춘 왈,

「생 등은 菽麥不辨*하는 사람이어늘 이같이 慰藉하심을 얻사오매 도리어 몸을 둘 곳이 없나이다. 그러하나 천한 성명은 뇌만춘이니 서촉 사람이요, 저는 남제운이어니와 尊姓大名을 감히 듣고져 하나이다.」

기인 왈,

「생은 수양 太守 張巡이어니와 금일 도차에서 우연히 그대 등을 만나 떠날 마음이 없는지라. 청컨대 한가지로 수양에 돌아가 苦樂을 같이함이 어떠하뇨.」

뇌만춘이 미처 답하지 못하여 남제운이 답왈,

「대장부가 세상에 처하매 心腹의 사람을 만나면 사생을 돌아보지 아니함이 떳떳하거늘, 이제 존공을 만나 去就를 한가지로 하고자 하시니 비록 水火중인들 어찌 사양하리오.」

한데, 장순이 大悅하여 양인으로 더불어 수레에 올라 행하니라.

각설, 이때 이임보가 천자께 奏達한데,

「근래 북방을 지킬 장수가 合當할 이가 없사오매 가히 염려가 되올지라, 안녹산으로 하여금 어양 태수겸 하북 절도사를 하게 하사 君縣을 순찰하여 북방을 지키게 함이 마땅할까 하나이다.」

천자가 옳게 여기사 즉시 안녹산으로 어양 태수겸 절도사를 하게 하시니 안녹산이 謝恩하고 즉일 발행할새, 楊國忠이 녹산의 손을 잡고 가로되,

「조정에서 그대를 猜忌하였으매 불운한지라. 古言에

---

*숙맥불변 : 사물을 잘 분별하지 못하는 어리석은 사람을 비유하는 말.

왈, 「차라리 닭의 입이 될지언정 소의 뒤 되지 말라」
하였으니 대장부가 어찌 몸을 굽혀 사람의 아래가 되
어 制御(제어)함을 받으리오. 그대는 모름지기 어양에 도임
한 후 이십사읍 군병을 調練(조련)하여 장안을 엄습하면 내
마땅히 內應(내응)하여 천하를 취하리라.」
하니 양국충은 양귀비 오라비라. 녹산이 이 말을 듣고 대
희하여 응낙하고 길을 떠나 여러 날 만에 어양에 致任(도임)하
고 이십사읍에 傳令(전령)하되 각기 병마를 조발하여 십일 내
로 營下(영하)에 대령하라 하니 각 읍이 진동하여 각각 率兵(솔병)하
여 나아오거늘, 이에 녹산이 각 읍에 巡狩(순수)할새 홀로 범
양 첨판 갈태고와 수양 태수 장순과 현령 허원이 延接(연접)치
아니하거늘 녹산이 대로 왈,
　「범양과 수양 양읍이 順從(순종)치 아니하니 마땅히 베어 후
　인을 징계하리라.」
하고 즉시 대군을 總督(총독)하여 바삐 몰아 범양에 다다르니
이때 날이 저물어 三更(삼경)이 된지라.
　성문에 이르러 守門長(수문장)더러 이르되,
　「절도사 행차해 계시니 바삐 문을 열라.」
한데, 수문장이 그 威風(위풍)을 보고 두려워하여 첨판께 고치
아니하고 문을 열어 주거늘, 녹산이 바로 衙中(아중)*에 들어
가 첨판을 급히 잡아 내리라 하는 소리가 震動(진동)하거늘, 첨
판이 동헌에서 잠이 바야흐로 깊었다가 人聲(인성)이 낭자함을
듣고 놀라 깨니 문 밖에 火光(화광)이 휘황하고 인마가 병전하
는지라. 대경하여 급히 일어나 문을 열 즈음에 군사가 달
아들어 첨판을 결박하거늘, 갈첨판이 不知中(부지중) 이 지경을
당하여 살펴본즉 안녹산이 마상에 偃然(언연)히 앉아 크게 호

＊아중 : 지방 군아(郡衙)의 안.

령하는지라. 첨판이 분기 대발하여 기운이 막힐 듯하나
겨우 強仍하여 문왈,

「이 어찐 연고이뇨.」
녹산이 厲聲 왈,

「영하 수령이 되어 將令을 奉行치 아니하는고로 베어
回示하리라.」
하고 인하여 군사로 하여금 內衙에 들여 보내어 갈소저
와 시비 십여인을 잡아다가 분부하여 첨판과 가족을 重
獄에 가두라 하고 아들 安慶緒를 불러 이르되,

「이를 遲緩치 못할 것이매 나는 수양으로 가나니 너는
家眷을 거느려 이곳에 있어 내 소식을 들어 움직이되,
이곳 糧草와 재물이 丘山 같으니 삼가 지키고 갈태
고를 또한 엄수하라.」
재삼 당부하며 獄吏와 옥졸에게 분부하되,

「갈태고를 착실히 지키어 내 분부를 기다리라.」
申飾한 후 차야에 군사를 麾動하여 수양으로 향하니
라.

이때 수양 태수 장순이 녹산이 반하여 범양으로부터 수
양으로 나아옴을 듣고 이에 허원으로 더불어 馬步軍을 조
발하여 삼만병은 성중에 排立하고 뇌만춘과 남제운으로
좌우 先鋒을 삼아 군사 일만을 거느려 성 밖에 진 치고
녹산의 군을 기다리더니, 녹산이 수양에 이르러 동정을
살핀즉 성내 성외에 屯兵하여 진세가 철통 같음을 보고
군중에 下令하여 성의 선봉을 먼저 쫓으라 하니 史思明
과 尹士奇 양장이 應聲하여 말에 올라 내닫거늘, 뇌만춘
과 남제운이 또한 橫倉出馬하여 四將이 어우러져 백여 합
을 싸우되 승부를 결치 못하는지라. 날이 이미 저물매 양

진이 錚을 울려 각각 물러나니라.

차야에 녹산이 가만히 생각하되, 「내 이제 대사를 經
營하매 작은 수양성을 거리낌이 난해로움이 많을지니 각
별히 계교를 쓰리라」 하고 이에 사사명과 윤사기를 불
러 분부하되,

「이제 작은 수양성을 위하여 대사를 지체치 못하리니,
너희 양장이 오만군을 거느려 處破하여 착실히 지키어
범양과 내외 되어 내 가족을 보호하면 나는 금야 오경
에 군사를 밥 먹여 未明에 행군하여 바로 장안에 들어
가 천자를 사로잡고 천하를 圖謀하리라.」

하고 즉시 전령하여 오경에 밥을 먹이고 미명에 행군하
여 주야로 달려가니, 所過에 望風歸順하여 대적할 이 없
으니 장안 일천 오백리를 십일 만에 들어가니라.

차설, 이때 명황이 貴妃로 더불어 주야 풍류만 일삼을
새, 천하에 영을 내려 풍악 잘 하는 사람 육백여 인을 뽑
아들여 이름하여 梨園제자라 하고 日日 遊宴에 침혹하여
정사를 돌아보지 아니하더니, 千萬不意에 녹산이 대군을
몰아 경성에 이르러 바로 대궐을 범하니 때가 정히 삼경
이라. 백관이 다 沈醉하여 아무런 줄 모르고 다만 태자
가 먼저 적변을 아시고 친히 太僕에 나가 御馬를 이끌어
내어 명황을 붙들어 태워 서문으로 나갈새, 문무백관 따
르는 자가 수백이 차지 못하여 미처 신을 신지 못하여 걸
어 행하고 길에 哭聲이 진동하는지라.

녹산이 궐내에 들어가 통명전에 올라 앉아 자칭 황제
라 하고 이원제자를 거느려 잔치하며 歡娛快樂하며 揚揚
自得하더라.

각설 안경서가 그 아비의 지휘를 좇아 오천군을 거느

려 범양을 지키었으매 곡식과 재물이 많음을 믿고 문득
스스로 외람 放恣한 뜻이 발작하는지라.

　그 밤에 갈어사 가족을 가둘 제 화광중에 갈소저의 容
貌色態를 보았으매 자못 欽慕하여 옥리에게 분부하여 죄
인 갈명하를 올리라 하니 모든 군사가 즉시 獄門을 열고
갈소저를 잡아내는지라.

　차시 소저가 부친의 염려하심을 위하여 태연히 좋은 빛
으로 잡혀 나온데, 홍애가 발을 구르며 따라 나오는지라.

　안경서가 소저를 階下에 꿇리고 문왈,

　「네 목숨이 칼 아래 놀란 혼이 되리니, 모름지기 나의
　말을 들어 종신토록 부귀복록을 길이 安享함이 어떠하
　뇨.」

　소저가 이 말을 들으매 심신이 떨리나 불변 안색하고
답왈,

　「국운이 불행하여 이 지경을 당하였으매 달리 바랄 바
　가 없는지라. 다만 내 몸이 죽어 가문 淸德을 더럽히
　고져 아니하나니, 빨리 죽이고 더러운 말로 귀를 더럽
　히지 말라.」

하거늘, 안경서가 위엄으로 협박치 못할 줄 알고 甘言利
說로 달래어 가로되,

　「부귀영화를 세상 사람이 다 원하는 바로되 능히 여의
　치 못함을 한하거든 네 이제 옥중 죄수가 되어 고초를
　겪다가 칼 아래 놀란 혼백이 되어 몸과 머리가 각각 나
　뉘어 鬼神類에도 참예치 못하리니 어찌 가련하며 可惜
　치 아니하리오. 네 이제 한번 마음을 돌리면 그 尊貴
　榮華함이 비할 데 없으리니, 재삼 생각하여 후일 뉘우
　침이 없게 하라.」

하니, 소저가 차언을 들으매 영천수가 멀어 귀를 씻지 못
함을 한하거든 어찌 일호나 聽從할 의사가 있으리오. 듣
기를 다 못하여 눈을 부릅뜨고 厲聲大罵 왈,

「네 아비가 본디 북방 오랑캐로 천자가 사랑하사 閫外
之任*을 맡겨 干城之材*으로 믿으시니, 네 마땅히 粉
骨碎身하여 하해 같으신 성은 갚기를 잊어버리고 도리
어 大逆不道*를 도모하여 불의지병을 일으켜 천하를 요
동케 하고 천자를 慢侮하며 다시 나의 부친을 死地에
넣어 生道를 바라지 못하게 하니 그 죄를 생각할진대
만단에 誅戮하여도 남은 죄가 있거늘, 하물며 또 감히
간사한 혀를 놀려 나를 향하여 천고에 씻지 못할 욕으
로 脅勒*하니 내일 살아도 살아 있음이 천지가 부끄럽
고 귀신이 그릇 여길 것이요, 또 내 몸이 삼척 아녀자
로 형세가 고단하매 너희 부자를 죽여 원수를 갚지 못
하니 차라리 내 먼저 죽음만 같지 못한지라. 너는 바
삐 나를 죽여 좋은 귀신이 되게 하고 더러운 말로써 다
시 귀에 들리지 말라.」

하거늘, 안경서가 이 말을 듣고 노기가 激發하여 경각간
에 죽여 雪憤코져 하는지라.

이때 李猪兒가 곁에 섰다가 말려 왈,

「사람을 각박히 脅制*함이 仁人君子의 도리 아니요, 사
람을 달래는 법이 아니니, 저 여자를 幽僻*한 공처에
편히 머무르게 하고 내 마땅히 好言으로 길게 달래어

---

*곤외지임 : 병마(兵馬)를 통솔하는 일.
*간성지재 : 무사(武事)에 뛰어난 재주를 가진 사람.
*대역부도 : 대역(大逆)으로서 인도(人道)에 몹시 어그러짐. 또는 그러한 행
　　　위.
*협륵 : 협박하여 우겨댐.
*협제 : 을러메서 제어함.
*유벽 : 깊숙하고 궁벽함.

스스로 순종케 하리라.」

하니 안경서가 그 말을 옳이 여겨 분을 참고 그리하라 하
니 대저 이저아는 양귀비의 사랑하는 宦者로서 안녹산의
도임시에 한가지로 보내었는지라. 녹산이 擧兵할 때에 따
라가지 아니하고 경서와 한가지로 머물더니, 이날 景狀*
을 보고 갈소저를 가련히 여겨 도리어 경서를 만류하고
갈소저를 데리고 나갈새, 홍애로 하여금 소저의 맨 것을 끄
르고 붙들어 자기 下處로 가려 할새 경서가 재삼 당부하
되,
　「감명하도 아무쪼록 순종케 하면 그대 功勞가 또한 작
　　지 아니하리라.」
하니 이저아가 응낙하고 하처에 돌아와 주인 魏嫗를 불
러 소저를 맡겨 왈,
　「이는 첨판의 女兒이니 착실히 보호하라.」
하거늘, 위구가 바삐 나와 소저를 붙들어 내실에 들어가
安頓한 후 극진히 공경하며 위로하니 원래 위구는 良家
여자라.
　일찍 寡居*하여 다만 한 딸을 데리고 있으되,　이름은
碧珠요 나이는 십칠세라. 姿色이 빼어나고 文子가 有餘
하며 女工이 또한 비상하여 日夜로 수를 놓아 모녀가 資
生하더니, 불의에 적난을 만나 미처 피하지 못하고 遑遑
罔措*할 즈음에 이저아의 하처한 바가 되매 아직 무사하
나 畢境을 알지 못하여 모녀가 주야 근심함을 마지 아니
하더니, 의외 갈소저의 患辱 만남을 보고 더욱 놀라며 그
경상을 殘忍히 여겨 음식을 내어 권하며 좋은 말로 위로

＊경상：좋지 못한 몰골.
＊과거：과부(寡婦)로 지냄.
＊황황망조：마음이 급하여 어찌할 줄을 모르고 허둥지둥 함.

하여 왈,

「국가 불행함이 臣民에게 미치니 원망할 곳이 없는지라. 매사가 하늘에 달렸으매 소저는 과히 슬퍼 마시고 마음을 굳게 잡고 식음을 降仍하여 일신을 安保하였다가 내두를 보아 사생을 결단함이 늦지 아니하나이다.」

하며 十分 위로하거늘 소저가 이 말을 들으매 心內에 헤오되,

「제 비록 閭閻 미천한 여자이나 언사가 의연하고 動止 또한 有範하다.」

하여 이에 눈을 들어 살핀즉 인물이 가장 淳厚하고 곁에 있는 일개 처녀가 있으니 용모 또한 超出하여 진실로 閭巷無知한 사람과 다르매 마음에 자연 반가운지라. 이에 길이 탄식 왈,

「사람이 세상에 나매 한번 죽기를 면치 못하거늘 이 같은 變亂을 당하여 다시 무엇을 바라고 살고져 하며, 하물며 더럽고 망측한 욕이 신상에 미치니 다시 입을 열어 옮기지 못하나 다만 죽기를 원하나니, 청컨대 婆婆는 죽을 길을 가르쳐 나로 하여금 다시 욕을 보지 아니하게 하면 도리어 큰 은혜 되리니 모름지기 재삼 생각하라.」

위구가 대왈,

「첩의 모녀 또한 여염의 좋은 사람이라. 도적의 手下에 달려 욕보기를 甘心치* 아니하나니, 만일 급한 때를 당하거든 한번 죽기를 아끼지 아니할지라. 이미 죽기를 정한 후야 다시 무엇을 두려워 하리이꼬. 소저는 지레 근심치 마시고 천금 重身을 가볍게 버리지 말으

---

*甘心 : 괴로움이나 책망을 달게 여김.

사 나중을 보아 첩의 모녀와 사생을 한가지로 함이 늦

지 아니하니이다.」

소저 왈,

「그대 모녀는 도적이 다시 작란하여야 患이 몸에 미칠

것이매 아직 때를 기다림이 가하려니와, 나의 욕은 만

일 아침이 아니면 저녁에 있거늘 다시 무엇을 기다리

고 一命을 支持*하다가 궂어서 陋辱을 당한 후에야 사

생을 결하리오.」

하며 流涕如雨하니 그 경상은 石木 간장이라도 慘不忍見

이리라.

이때 이저아가 다시 위구를 불러 가만히 일러 왈,

「갈소저를 달래어 안경서의 부인이 되게 하면 소저에

게 영화로움이 極盡할 것이요, 그대에게 또한 공로가 있

으려니와, 만일 소저가 一向* 거절할진대 소저 신상에

大禍가 미칠 뿐 아니라 그대 또한 큰 죄를 면치 못하

리니, 내 말을 헛되이 알지 말고 착실히 開諭*하여 마

음을 돌리어 福祿을 길이 누리게 하라.」

하며 至再至三 당부하거늘, 위구가 또한 貞淑한 사람이

라. 이저아의 말을 들으매 문득 骨驚心寒하여 가부간 능

히 답하지 못하고 즉시 내실에 들어가 소저 奴主와 벽주

를 대하여 왈,

「소저가 아마도 더러운 욕을 면하기 어려우니 이를 장

 차 어찌하리오.」

한데 소저 노주는 黙黙無言이요, 벽주가 놀라 급히 물어

가로되,

---

*지지 : 부지하여 지님.
*일향 : 한결같이. 꾸준히.
*개유 : 사리(事理)를 알아 듣도록 잘 타이름.

「모친이 무슨 機微를 알아 계시관데 이 같은 말씀을 하시니이꼬.」

위구 왈,

「다름이 아니라 아까 李內官이 여차여차 이르기로, 이로조차 소저가 액경을 면치 못할까 근심하노라.」

하니 소저는 사생간 心身이 아득하여 다만 고개를 숙이고 능히 말을 이루지 못하고 벽주가 다시 가로되,

「만일 事機가 이러할진대 일찍 계교를 생각함만 같지 못한지라. 갈소저는 전일 公卿宰相의 여아요, 지금 우리 본관 노야의 소교이니 우리로 더불어 상하 등분이 自別하거늘 어찌 차마 우리 입으로 소저를 도적에게 歸順하란 말을 하며, 설사 이 말을 하여도 決斷코 들을 리 없어 도리어 우리를 그릇되이 알 것이요, 또 이 연고가 아니라도 우리 몸이 욕을 당함이 반드시 早夕에 있는지라. 만가지로 생각하여도 도망함이 제일 良策이니 어떠하니이꼬.」

위구 왈,

「비록 네 말같이 도망코져 하나 성문을 어찌 나며, 비록 성문을 난들 소저와 너는 규중 弱質로 일찍 寸步도 걸어봄이 없으매 險路行步가 어려울지라. 만일 도적이 알고 급히 따르면 그 화가 더욱 위급하리니 장차 어찌하리오.」

벽주가 沈吟良久에 문득 깨달아 가로되,

「성문 나기는 어렵지 아니한지라. 남문 지킬 將校는 사촌 오라비니 가만히 밤에 가 문 나기를 청하면 결단코 들을 것이요, 또 전일에 사촌이 성문 열쇠를 잃고 死罪를 당하였거늘 첨판노야께서 그 죄를 赦하였으매 사

촌이 매양 頌德하던 것이니, 이제 만일 소저인 줄 알면 더욱 죽기로써 주선하리니 以此以彼에 문 나기는 근심 없을 것이요, 가다가 잡히나 이곳에 앉았다가 잡히나 죽기는 일반이어니와, 만일 하늘이 살피시면 마땅히 금조를 벗어나리니 어찌 祝手하고 앉아 죽기를 기다리리오. 바삐 신을 들메고 달아날만 같지 못하나이다.」

하거늘, 총애가 위구 모녀의 의논하는 말을 다 듣고 가로되,

「그렇지 아니하도다. 假使 도망하다가 잡히면 우리 네 사람이 다 죽으리니 萬全之計*를 씀만 같지 못하다.」
하니 위구 모녀가 急問 왈,

「어찌하면 만전지계리오.」

홍애 왈,

「내 소저의 옷을 바꾸어 입고 몸이 죽어 앞에 굴러져 있으면 도적이 반드시 소저가 自決하매 주인은 겁하여 도망한 줄로 알고 無情之事라 하여 따르지 아니하리니, 성문을 나와 緩緩히 행하여도 염려할 바가 없으리라.」
하니 소저가 차언을 듣고 大驚且愕 왈,

「너는 나의 手足이라. 이제 수족을 잃고 어디로 가며 또 너와 더불어 십여 년 同處하던 정이 골육과 다름이 없거늘 어찌 나 홀로 살기를 위하여 너를 죽게 하리오. 이는 萬不成說이니 다만 한가지로 죽을 따름이라.」
하거늘 총애가 청파에 문득 안색을 변하여 왈,

「不然하여이다. 시절이 매양 오래일 바가 아니니 소저

---

* 만전지계 : 아주 안전하거나 완전한 계책.

는 몸을 도망하여 목숨을 保存하였다가 종상공을 만나 인연을 맺어 백년부귀를 누리며 祖先 향화를 받들면 孝義가 兼全할 것이요, 소비는 몸이 비록 죽으나 혼백은 흩어지지 아니하여 소저를 따라 다니리니 이만 경사가 없을지라. 어찌 小小 인정을 구애하여 대사를 그르게 하리오. 소저가 이제 일시 욕을 참지 못하여 죽기로 위주하시면 조선향화와 노야 身後를 뉘게 의탁하며, 종상공 언약을 저버려 일후 無信을 自取함이니 소저는 다시 이런 말씀을 口外에 내어 귀신이 외오 여기게 말으소서.」

하고 즉시 몸을 일어 부엌에 들어가 밥을 지어다가 삼인을 권하며 왈,

「小妾이 마마 모녀를 믿어 소저 일생을 부탁하고 내 몸은 이곳에 버리나니, 바라건대 마마는 우리 천금 소저를 보호하여 일명을 保全하면 타일 무궁한 복록을 누릴 뿐 아니라 소첩이 冥冥중이라도 살핌이 있으리니 이 말을 망령되다 말으소서.」

하며 달 뜨기를 기다리더니 밤이 이미 깊으매 명월이 東嶺에 오르는지라. 홍애가 소저께 의복을 바꾸어 입음을 청한데 소저가 의복을 바꾸어 준즉 홍애 즉시 죽을 줄 헤아리매 차마 바꾸지 못하고 다만 홍애의 손을 잡고 涙水가 如雨 왈,

「차마 못하리로다. 너 죽고 나 홀로 살아 무엇하며 네가 죽으나 도적이 이미 내 얼굴을 보았는지라, 내 아닌 줄 알고 따라 잡혀 죽으면 이곳에서 한가지로 죽어 魂魄이라도 서로 떠나지 아님만 같지 못하니, 다시 부질없는 말을 말지어다.」

　　홍애 갈수록 일호 悲色을 뵈지 아니하고 더욱 기운을
和히 하고 말씀을 부드러이 하여 戚然히 가로되,
　　「도망하여 화를 면하고 生道를 얻으면 소저의　기쁨이
측량없을 뿐 아니라 주인의 功力이 또한 비할 데 없을
것이요, 소저가 만일 이곳에서 앉아 죽기를 甘心하면
소저의 禍厄은 이를 것 없거니와 주인에게도 큰　화가
미칠 것이니, 우리 노주로 말미암아 애매한 주인 모녀
로 지이지앙을 당하게 하면 소저가 비록 죽으나　타인
에게 화를 끼침이니 혼백이들 어찌 晏然하며 능히　눈
감은 귀신이 되리이꼬. 소비 소저의　대신함은 奴主之
間에 떳떳하온 일이요, 소비라도 또한 한할 바가 없을
것이어늘, 소저는 무엇을 구애하여 堅執하시나니이꼬.
俗言에 일렀으되, 「낮 말은 새가 듣고 밤 말은 쥐가 듣
는다」 하였사오니 이렇듯 詰難하옴이 더욱 큰 화를 재
촉함이라. 事勢가 여차하오매 소저는 다시　말씀을　내
지 말으시고 바삐 옷을 바꾸어 주시고 환을 면하심을
생각하소서.」
한데, 소저가 다만 홍애를 붙들고 울며 종시 결단치　아
니하거늘, 벽주가 開諭 왈,
　　「사생을 당하여 차마 결단치 못함이 인정에 당연한 일
이어니와, 이제를 당하여는 인정에 빠져 目前之急을 자
취치 못할 것이요, 또 홍랑 같은 목숨이 여럿이라도
소저의 一命을 바꾸지 못할지라. 금일 홍랑의 爲主忠
心은 옛날 기선이 한왕을 위함과 같음이요, 하물며 사
람이 물론 貴賤 남녀하고 각각 극진한 곳을 당하여 殺
身成命할진대, 죽는 날이 곧 사는 해니 그 죽음이　도
리어 영화로운지라. 소저는 주저치 말으시고 바삐　換

72

着하소서.」

하며 홍애는 옷을 벗어 소저께 드리며 소저의 옷을 재촉하거늘, 소저가 울며 마지 못하여 입었던 의상을 벗어 주니 홍애 흔연히 옷을 받아 입고 몸을 일어 밖에 나와 하늘을 우러러본즉 北斗가 기울어 밤이 깊었는지라.

　위구를 청하여 바삐 도망함을 이르니, 삼인이 차마 떠나지 못하여 서로 붙들고 슬퍼하거늘, 홍애 헤오되,
　「이같이 遲緩하다가는 대사가 그릇되리라.」
하고 몸을 뛰어 계하에 거꾸러지며 머리를 섬돌에 두 번 부딪치니 이미 두골이 깨어져 죽은지라.
　소저가 此景을 보고 仰天痛哭하니 벽주가 소저의 손을 이끌어 가기를 재촉하여 왈,
　「이 일이 이에 이르렀거늘 다시 지체하다가는 지레 큰 화를 취함이니 僥幸을 바라고 달아나사이다.」
하고 인하여 삼인이 서로 이끌어 문을 나 남문으로 향할새 밤이 깊고 인적이 고요한지라. 顚之倒之하여 남문에 이른즉, 수문군사는 다 잠이 깊었고 수문장교는 巡哨하다가 인적이 있음을 보고 바삐 문왈,
　「어떤 사람이 이 심야에 어디로 가는다.」
하니 어찌된고 하회를 분석하라.

卷之下

차설, 위구 모녀가 갈소저로 더불어 바삐 행하여 남문
에 이르러 守門將의 묻는 소리를 들은즉 의심없는 從兄
이라. 대희하여 가만히 불러 왈,
「小妹가 이제 모친을 뫼셔 피난하여 이곳에 이르렀으
니 종형은 구하라.」
한되, 그 수문장이 從妹 벽주가 옴을 알고 놀라 가로되,
「네 규중 약질이 어찌 衰老하신 모친을 뫼시고 피난하
며, 저 여자는 뉘뇨.」
벽주 왈,
「이 소저는 옥중에 拘留한 첨판의 貴女라. 도적에게 잡
히어 욕이 當頭하매 죽기로 자처하는고로 우리 모녀가
그 경상을 可矜히 여겨 한가지로 도망하나니, 급히 문
을 나게 하소서.」
수문장이 이 말을 듣고 가로되,
「첨판노야는 나의 이천이라. 갈소저가 홀로 와도 가히
구하려든, 하물며 叔母와 현매가 한가지로 이르렀으니

어찌 지체하리오.」

하고 囊中*으로부터 은냥을 내어 주머 노수에 보태라 하고 문을 열어 주거늘, 삼인이 바삐 문을 나서 남녘으로 향하여 가더니 동방이 기명하매 사면에 人家가 없고 어디로 갈 줄 몰라 서로 의논 왈,

　「밝은 날 행하기 또 극히 두려우니 깊은 수풀에 숨었
　다가 날이 저물거든 행하리라.」

하고 수풀을 찾아 깊이 숨어 정신을 鎭定하매 그제야 배고프고 발도 아픈지라. 갈소저는 홍애를 생각하고 슬퍼하거늘 위구 모녀가 좋은 말로 위로하여 日沒期를 고대하더라.

　차시 사사명과 윤사기가 안녹산의 指揮를 듣고 군을 거느려 수영정을 급히 칠새, 능히 당치 못하매 군을 물려 백리 밖에 陣 치고 굳이 지키는지라. 뇌만춘이 주야 군사로 하여금 사면으로 巡哨하여 윤사기의 진에서 범양성을 相通치 못하게 할새 순초군이 돌아다니다가 수풀 속에 인적이 있음을 보고 들어간즉, 여자 삼인이 앉아 서로 歎息하거늘 군사가 달아들어 문왈,

　「너희 어떤 여자완데 이곳에 숨었나뇨.」

　소저와 벽주는 惶怯하여 능히 말을 못 하고 위구가 답왈,

　「우리는 가련한 인생이라. 범양으로부터 피난하더니 여
　자의 氣質로 멀리 행치 못하여 이곳에 주저하노라.」

하니 군사가 답왈,

　「그대 등이 敵陣으로부터 올진대 반드시 수상한 사람
　이로다.」

＊낭중 : 주머니 속.

하고 허리로부터 노를 내어 삼인을 매어 이끌고 가거늘,
삼인이 어찌 할 길 없어 통곡하며 이끌려 가더니 한 軍
門에 다다라서는 수문 군사가 그 삼인을 보고 순초군을
꾸짖어 왈,

　「장군이 분부하시기를 여염 여자를 침노하면 베리라 하
　였거늘 어찌 죄를 범하였나뇨.」

　순초군이 왈,

　「이 여자 등이 적진으로부터 오노라 하여 행색이 가장
　怪異하기로 잡아 왔나니, 너는 빨리 들어가 장군께 고
　하라.」

하니 문졸이 들어가는지라. 갈소저기 蒼黃 중 생각하되,

　「이 만일 官軍이면 우리 목숨이 살리라.」

하고 살펴본즉 陣勢가 가장 엄숙한 곳에 큰 기를 세웠으
되,「逆賊을 討伐하고 백성을 按撫하라」썼는지라. 소
저가 마음이 적이 놓여 사기를 보더니 이윽고 소년 장교
가 나와 보다가 왈,

　「이 여자뿐이요, 다른 사람은 없더냐.」

하고 中營으로 대령하라 하니 순초군이 聽令하고 소저 등
을 이끌어 중영에 이른데 장군이 문왈,

　「일행이 세 여자뿐이요, 다른 사람이 없으면 무엇이 수
　상타 하여 잡아 왔느뇨.」

　순초군이 대왈,

　「이 여자 등을 잡아 根着*을 탐문하온즉, 적진으로부
　터 피난하여 간다 하기로 잡아 왔나이다.」

하거늘 장군이 분부하여 삼인을 가까이 앉히라 하고 문
왈,

---

*근착 : 확실한 내력과 주소.

「汝 등 삼인이 무슨 일로 어디로 가는다.」

위구 왈,

「소첩은 寡婦라, 저 하나는 첩의 딸 벽주요 하나는 갈 소저 명하니, 안녹산의 난을 피하여 가다가 잡혀 왔나이다.」

뇌만춘이 갈소저 명하란 말을 들으매 심히 익은지라, 이윽히 생각하다가 가로되,

「너는 소저라 칭하니 반드시 賤人이 아니어늘 무슨 연고로 여염 여자와 한가지로 도망하더뇨. 필연 苗脈*이 있는 일이니 所懷를 은휘치 말라.」

소저가 눈물을 흘려 왈,

「소첩은 갈명하요 장안 사람이라. 부친의 이름은 태고이니 前任 어사로서 간신의 讒訴를* 입어 내치어 범양 첨판이 되었더니, 시방 녹산에게 잡혀 옥 중에 갇혀 사생을 알지 못하옵고, 첩이 또한 경서에게 逼迫한 바가 되어 욕을 당하매 죽기로 자분하옵더니, 위구 모녀가 첩을 이끌고 도망하다가 이에 잡혀 왔사오니 장군은 殘命을 구하소서.」

뇌만춘이 聽罷에 대경하여 왈,

「소저의 낭군이 壯元及第한 종경기니이까.」

소저가 반겨 듣고 왈,

「종한림과 定婚하였거니와 장군이 어찌 아시니이꼬.」

뇌만춘 왈,

「내 종한림으로 더불어 과연 전에 慣熟*하노라.」

소저 왈,

---

*묘맥 : 일의 내비치는 실머리.
*참소 : 간사하고 못된 말로 남을 헐뜯어 없는 죄를 꾸며서 고해 바침.
*관숙 : 가장 친밀함.

「종한림과 미처 成婚치 못하고 한번 범양으로 왔더니,
　그 후 소식은 듣지 못하였나이다.」
하거늘 뇌만춘이 군사를 분부하여 맨 것을 끌러 堂에 올
려 앉히고 절하여 왈,
「과연 종한림 부인인 줄 모르고 小將이 죄를 범하였사
오니 소저는 용서하소서.」
소저가 칭사 왈,
「장군이 어찌 이대도록 過禮하시며, 종한림을 당초에
어찌 아시더니이꼬.」
뇌만춘이 왈,
「소징의 이름은 뇌만춘이니 본디 서촉 사람이라. 연전
에 종한림이 간신을 훼척하여 상소하다가 聖怒를 만나
내치어 서천만호를 하여 가다가 명경사라는 절에서 밤
을 지내더니, 그 밤에 모든 중이 한림을 죽이고 行裝
을 앗으려 하매 한림이 그 기미를 알고 노주가 도망하
여 검봉산에 이르러 또 범을 만나 거의 죽게 되었더니,
소장이 마침 그곳을 지나다가 범을 쳐 죽이고 한림을
구하여 집으로 데리고 와 본즉 風采와 기골이 당당한
丈夫인고로 소장의 질녀로써 구혼한즉, 한림이 갈소저
와 언약이 중하다 하고 굳이 사양하기로 질녀로 側室
을 정하였노라.」
하고 盛饌을 내어 와 그 놀란 것을 위로하며 생각하되,
「소저를 진중에 두지 못할 것이요, 수양성으로 보냄이
또한 난처한지라」하고 문득 깨달아 왈,
「갈소저가 본디 장안 사람이매 가히 길을 가르쳐 보내
리라.」
하고 필연을 취하여 公文을 쓰니 가라사대,

「추양우영효 기장군 뇌공은 發關하나니 범양 첨판 갈태고는 역적에게 잡혀 옥 중에 갇히고 그 女兒 갈명하는 도망하여 本營을 지나기로 잡아 물은즉, 근본이 명백하고 장안으로 가기를 청하는고로 그 景狀이 가긍하여 특별히 공문을 주어 보내나니, 그 지나는 바 각 읍 각 진이 각별 호송하되 만일 도적이 있는 곳이어든 健壯軍 네명씩 擇定하여 무사히 지나게 하고 일호도 泛忽치 말라. 이 중 한 여자는 첨판 갈태고의 여아며 한림 종경기의 正室이요, 두 여자는 범양성 내 良吏 위구 모녀이니 착실히 斗護하라.」

하고 답인하여 은자 열냥을 同封하여 소저를 주며 왈,

「소저의 大人은 옥 중에 갇히고 종한림은 축지에 내치어 猝然히 만나기 어렵고 사방이 흉흉하여 安身할 곳이 없는지라. 다만 장안이 아직 무사하매 그리로 감이 방해롭지 아니할까 하나이다.」

소저 왈,

「장군의 지휘하심이 지극 감사하거니와 이제 도적이 사면에 순초하여 길을 통하지 못할 듯하니 장안을 得達치 못할까 하나이다.」

뇌만춘 왈,

「이 공문을 가졌으면 도로에 막힐 곳이 없을 것이매 염려 말고 바삐 행하소서.」

하고 위구를 향하여 왈,

「그대 모녀가 소저를 한번 보고 마음을 허하여 死生同苦하니 내 그대의 意氣를 항복하는지라. 이제 갈소저 의지할 곳이 없으매 부득이 장안으로 향하나니, 그대 모녀는 한가지로 무사 득달하게 하라.」

하고 건장군 네 명을 差定하여 수양 地境까지 호송하라 분부하니 소저 등이 공문과 路需를 받아 가지고 백배 치사한 후 발행하니라.

차설, 뇌만춘이 삼인을 보내고 장중에 앉았더니 윤사기가 군사를 거느려 와 싸움을 돋우거늘, 뇌만춘이 甲冑를 갖추고 말에 올라 창을 돌리며 내달아 마주 싸워 십여 합에 이르러는 윤사기가 능히 對敵치 못하여 말을 돌리어 달아나거늘, 뇌만춘이 급히 따라 삼십여 리에 미쳤더니 사사명이 윤사기가 피하여 달아남을 보고 군사를 몰아 뇌만춘의 뒤를 掩殺*하거늘, 만춘이 돌아서서 사사명을 맞아 싸울새 윤사기 또한 군사를 모아 전후로 挾攻히니 형세가 만분 위태하나 만춘이 조금도 두려워함이 없이 좌우충돌하여 창이 이르는 곳마다 將卒의 머리 추풍낙엽같이 떨어지니 적장이 감히 당할 자 없더라.

이때 남제운이 만춘의 위급함을 보고 즉시 일군을 거느려 동서로 헤치고 달아들어 만춘을 구하여 본진으로 돌아가니, 윤사기 先鋒 여홍이 벌써 군을 거느려 만춘의 진을 쳐 무찌르고 불을 지른지라. 뇌만춘 남제운이 依持할 곳이 없어 수양성으로 들어가거늘, 사사명 등 삼인이 乘勝하여 군사를 호령하여 수양성을 에워쌌는지라. 뇌만춘 남제운, 장순 허원 등 四將이 한데 모여 의논 왈,

「사세가 急迫하였으매 어찌 하면 좋으리오.」

장순 왈,

「우리 형세가 고단하고 적병이 가장 強盛하매 싸운즉 도리어 해로울 것이니 굳이 지키어 救援兵 오기를 기다림만 같지 못한지라. 가히 군사로 城上에 나열하여

---

*엄살 : 뜻밖에 엄습하여 죽임.

擂皷呐喊*하고 기치를 베퍼 적으로 하여금 의심하여 감히 군사를 동치 못하게 하리라.」

하고 약속하더니 言未畢에 장하 일인이 뛰어 내달아 소리하여 왈,

「적병이 급히 에우니 가히 죽기로써 싸워 물리침이 마땅하거늘, 어찌 한갓 지키어 袖手待事하리오.」

하니 장군이 눈을 들어본즉 이 곧 진가 북부의 服色이요 素昧平生이라. 장순이 대로하여 꾸짖어 왈,

「너는 어떤 사람이관데 능히 무엇을 아노라 하고 감히 軍務事를 어지러이 말을 하는다. 가히 베어 군중을 懲戒하리라.」

하고 좌우를 호령하여 내어 베라 하니 허원이 급히 말려 왈,

「이는 나의 家人이라. 이름은 의등이니 천성이 본디 영민하고 충렬이 凡類에서 빼어난지라. 오늘 군중사를 아는 체하여 장군의 위엄을 범하니 그 죄 범즉하나 아직 내 낯을 보아 용서함을 바라노라.」

장순이 이 말을 들으매 성을 낮추고 가로되,

「연즉 이때를 당하여 마땅히 사람을 가리어 쓰리니, 제 비록 천인으로 죄를 범하였으나 내 특별히 용서하고 추절없이 하천에 있게 아니 하리라.」

하고 이에 傍照*하는 문서와 창고 열쇠를 맡기니 의등이 사례하고 물러나니라.

차시에 적세가 강성하여 성을 헐며 성 밑도 뚫어 온가지로 침노하되 성중 장졸이 一心이 되어 동서로 방비하

---

*뇌고납함 : 북을 난타(亂打)하고 아우성을 침.
*방조 : 꼭 필요한 법문(法文)이 없을 적에 그와 비슷한 다른 법문을 참조
　　(參照)함.

여 堅壁不出*한 지 수삭이 되도록 구병이 오지 아니하고 군량이 또한 盡한지라. 뇌만춘이 어찌할 길 없어 이에 남제운을 불러 여차여차하라 약속을 정한 후 만춘이 성에 올라 윤사기를 불러 꾸짖어 왈,

「네 당나라 신하로서 임금을 배반하고 역적을 도와 不義를 행하거니와, 우리 구병이 未久에 이르면 너희 진이 패하고 네 몸이 망하리니 그대 죽어 지하에 돌아가 혼백인들 어찌 용납하리오. 그대는 모름지기 생각하여 일찍 귀순하여 千秋의 악명을 면하라.」

하니 윤사기가 대로하여 強弓을 당기어 쏘아 만춘의 낯을 맞히되, 만춘이 낯빛을 변치 아니하고 살을 빼지 아니하니 윤사기가 일변 그 모질음에 놀라 노하여 군사로 하여금 연하여 쏘아 만춘의 얼굴이 다 살이로되 만춘이 조금도 搖動치 아니하거늘, 윤사기가 가까이 나아가 한 살로 쏘아 만춘의 이마를 맞히니 만춘이 윤사기가 가까이 옴을 보고 그제야 낯에 박힌 살을 빼어 윤사기를 쏘니 윤사기가 무심중 낯을 맞으매 제 어찌 만춘의 모질음을 당하리오. 견디지 못하여 몸을 번드쳐 말에서 떨어지는지라. 남제운이 급히 군사를 거느려 문을 열고 말을 놓아 내달아 쫓을새, 사사명이 사기가 급함을 보고 급히 내달아 구하여 본진으로 바라고 가거늘 남제운이 그 뒤를 쫓아 군사를 무수히 죽이고 돌아오니라.

　차설, 이러구러 一朔이 지나매 성중 양식이 진하고 牛馬가 또한 진하여 老弱이 태반이나 주려 죽는지라. 장순이 정히 민망하여 衙中에 들어가 그 첩 吳氏를 보아 말을 하고져 하다가 차마 입을 열어 발설치 못하고 다만 눈

---

*견벽불출 : 안전한 곳에 들어 앉아서 남의 침범으로부터 몸을 막음.

섭을 찡그리어 수색이 滿顔하거늘, 오씨가 그 기색을 보
고 문왈,

　「장군이 첩을 향하여 무슨 말을 하고져 하시다가 마침
　주저하시니 소첩이 의아하여 깨닫지 못하오니 장군은
　쾌히 한번 説破하소서.」

　장순이 길이 탄식하며 가로되,

　「내 과연 그대를 속이지 아니하고 청할 말이 있으나 차
　마 開口치 못하여 자저하더니, 그대 나의 기색을 보고
　물음이냐.」

　오씨 왈,

　「첩을 죽여 군사를 구하고져 하시니이까.」

　장순이 悠悠不答하거늘 오씨 왈,

　「이 가장 쉬운지라. 군중에 糧草가 진하고 구원이 이
　르지 아니하매 위태함이 조석에 있는지라. 도적의 손
　에 죽어 욕을 볼진대 차라리 군자의 앞에서 自死하여
　일시 군사의 주림을 구하고 해골이나 거두어 주시면 도
　리어 다행하오니 이제 무엇을 거리껴 한번 죽기를 아끼
　리오. 장군이 차마 나를 죽이지 못하시면 다만 칼을 주
　실진대 첩이 스스로 죽어 장군으로 하여금 薄倖之人이
　란 말을 면케 하리이다.」

하고 안색을 불변하거늘 장순이 그 의기를 탄복할 따름
이요, 입을 열어 말이 나지 아니하는지라. 다만 칼을 빼
어 오씨 앞에 던지고 차마 바로 보지 못하여 돌아서니 오
씨 또한 다시 말을 아니하고 칼을 들어 배에 대고 엎어
져 죽거늘, 장순이 신체를 어루만져 일장 통곡한 후 군
사로 하여금 급히 삶아 익기를 기다려 군사를 명하여 고
기를 돌리고 城上에 나아가니 성 지키는 군졸이 事故를

알았는지라. 모두 일시에 울며 왈,

「소졸 등이 비록 죽어도 이 고기를 먹지 못하리로소이
다.」

장순 왈,

「不然(불연)하다. 이 고기를 먹고 오늘 명을 보전하였다가 명
일 구완병이 이르면 어찌 다행치 아니하리오.」

하고 強勸(강권)하되 군사 등이 마침내 먹지 아니하고 땅에 파
묻고 하늘이 무심하심을 못내 怨(원)하더라.

차시, 장태수가 愛妾(애첩)을 죽여 고기를 삶는다는 말을 듣
고 의등이 허원을 보고 왈,

「태수 노야가 애첩을 죽여 군사를 먹여 일시 주림을 구
하고져 하거늘, 노야는 어찌 小僕(소복)을 삶아 군사를 구하
지 아니하시나이까.」

허원이 이 말을 듣고 長歎(장탄) 왈,

「내 또한 그 마음이 있으되 어찌 차마 하리오.」

의등 왈,

「소복 같은 유로써 여러 군사의 하루 양식 보탬이 적
지 않은 일이어늘 어찌 차마 못할 바 있으리오.」

하고 말을 마치며 찬 칼을 빼어 自刎而死(자문이사)*하는지라. 허
원이 그 忠義(충의)를 탄복하고 가만히 손수 삶아 가지고 군중
에 나아가 군사를 대하여 탔던 말을 삶았노라 하고 먹으
라 하니 諸卒(제졸)이 그 말을 곧이 듣고 각각 나누어 먹더
라.

이러구러 삼사일이 지나매 성 지키었던 군사가 하나도
없는지라. 윤사기가 성중이 빈 줄 알고 군을 몰아 성문
을 깨치고 일시에 突入(돌입)하니, 뇌만춘 남제운이 능히 抵當(저당)

---

* 자문이사 : 스스로 목을 찔러 죽음.

치 못할 줄 알고 하늘을 우러러 대성통곡 왈,

「신 등이 죽기로써 성을 지키려 하더니 양식이 진하여 장졸을 보전치 못하고 적군이 살하매 능히 대적치 못하기로 이제 스스로 죽어 一片丹心(일편단심)을 표하나이다.」

하고 남제운은 성에 떨어져 죽고 뇌만춘은 목 찔러 죽고, 장순 허원은 윤사기에게 잡힌 바가 되어 눈을 부릅뜨고 크게 꾸짖어 왈,

「내 도적을 잡지 못하고 도리어 너에게 잡힌 바 되었으니 다만 죽을 따름이어늘, 어찌 오랑캐 협종 놈에게 降服(항복)하리오.」

하고 꾸짖기를 마지 아니하니 윤사기 등이 더욱 분노하여 양인을 급히 베니라.

각설, 朔方節度使(삭방절도사) 郭子儀(곽자의)와 河北節度使(하북절도사) 李光弼(이광필)이 안녹산이 범양에서 起兵(기병)하여 장안을 범함을 듣고 불승분노하여 각각 本部兵(본부병)을 조발하여 나아올새, 수양이 급함을 듣고 양인이 합병하여 倍道竝進(배도병진)하더니 오십리를 미치지 못하여서 사람이 전하되, 수양성이 이미 패하여 뇌만춘 등 사인이 다 죽었다 하거늘 양인이 대경하여 군을 잠깐 머무르고 사세를 헤아릴새, 문득 一陣狂風(일진광풍)이 대작하며 대장기가 부러지거늘 이광필이 놀라 문왈,

「이 무슨 徵兆(징조)이뇨.」

곽자의가 이윽히 생각하다가 왈,

「금야에 반드시 도적이 우리 진을 겁칙할 징조라.」

하니 이광필 왈,

「연즉 우리 마땅히 防備(방비)할 도리를 계교함이 어떠하뇨.」

자의 왈,

「그대는 염려 말라. 내 먼저 저희 계교를 쓰리라.」

하고 이에 선봉장 복고 희은과 長子^{장 자} 곽희와 次子^{차 자} 곽애를
불러 각기 군사를 거느려 여차여차하라 약속을 정한 후
날이 이미 저물거늘, 기치를 세우며 金鼓^{금 고}*를 두어 更點^{경 점}
만 나리오고 군마를 진 밖에 埋伏^{매 복}하여 도적의 엄습함을
기다리더니, 차시 윤사기 등이 곽자의와 이광필의 이름
을 듣고 의논 왈,

「저 양인이 천리 밖에서 군을 몰아 왔으매 반드시 困^곤
乏^핍할지니 금야에 진을 엄습하면 대공을 이루리라.」

하고 양인이 각각 군을 나누어 이경에 성문을 날새, 말
에서 방울을 떨어뜨리고 군사로 銜枚^{함 매}*를 물려 급히 곽자
의 진에 다다라 쫓아 들어가니 진이 비었는지라. 윤사기
가 속은 줄 알고 급히 군을 물리고져 하더니 문득 放砲^{방 포}
소리가 나며 사면에 火光^{화 광}이 조요하고 전후 복병이 내달
아 치거늘, 윤사기와 사사명이 미처 首尾^{수 미}를 돌아보지 못
하고 지휘하여 본진으로 돌아가니 당병이 벌써 진을 앗
아 대장 기치를 꽂고 진문 밖에 곽희가 말에 올라 크게
꾸짖어 왈,

「내 이미 네 진을 앗고 너를 기다린 지 오래도다.」

하거늘, 윤사기가 감히 싸우지 못하고 급히 수양성으로
향하니 성상에서 矢石^{시 석}*이 비 오듯 하고 곽희가 성문 앞에
서서 大叱^{대 질} 왈,

「오늘 윤사기 사사명을 잡아 장, 허 양장의 원수를 갚
으리라.」

하고 말을 놓아 달아드니 윤사기 등이 하릴없어 바삐 말
을 돌리어 서땅으로 달아나더니, 문득 한 떼 구름이 바람

---

* 금고 : 군중에서 호령하는 데 쓰이는 징과 북.
* 함매 : 행진할 때 떠들지 못하도록 군사의 입에 하무를 물리던 일.
* 시석 : 전장에서 쓰던 화살과 돌.

을 쫓아 일어나며 뇌만춘 남제운이 허다 神兵을 몰아 앞
을 막아 쫓아 오거늘, 윤사기 등이 더욱 패하여 군사를
다 죽이고 겨우 수천군을 거느려 장안을 향하여 달아나
는지라. 곽자의가 이광필로 더불어 수양성에 들어가 뇌
만춘 등 사장의 屍首를 거두어 성 밖에 永將한 후 이광
필은 범양을 치러 가고 곽자의는 낙양으로 가니라.
　차설, 윤사기가 敗軍을 거느려 장안에 들어가 녹산을
보고 패한 사연을 고한되 녹산이 위로 왈,
　「일승일패는 兵家之常事니 그대 등은 모름지기 안심하
라.」
하더니 문득 안경서가 들어오거늘, 녹산이 驚問 왈,
　「범양은 근본인고로 너로 지키었더니 어찌 내 명 없이
無斷히 버리고 왔는다.」
　경서 왈,
　「이광필이 군을 거느려 범양을 에워싸고 급히 치매 그
세를 당치 못하여 副將으로 성을 지키게 하고 소자는
가족과 죄인 갈태고와 그 家眷을 거느리고 약간 군사
를 領率하여 왔나이다.」
　녹산이 희왈,
　「갈태고를 잡아 왔으면 바빠 베어 雪恥함이 마땅하되,
李白을 잡지 못하였으니 아직 가두어 착실히 守直하라.」
　분부한 후 경서와 가속을 한곳에 모으매 더욱 放蕩하여
허다 궁녀와 이원제자를 거느려 당 황제 놀던 용탑에서
즐길새, 녹산이 그 곡조를 듣고 수염을 어루만져 웃으며
왈,
　「하루아침에 당 명황의 천하가 내 집이 되었으니 어찌
즐겁지 아니하리오.」

하거늘, 이원제자가 이 말을 듣고 저마다 落淚하여 능히 곡조를 이루지 못하는지라. 녹산이 대로하여 윤사기로 하여금 우는 놈을 査核하라 하니 뇌해청이 일어서며 거문고를 기둥에 부딪고 대성통곡 왈,

「내 본디 兩目이 폐하여 흑백을 분간치 못하나 자못 大經大法*을 아나니, 내 임금의 녹을 먹고 능히 임금의 근심을 덜지 못하여 임금으로 하여금 遠方에 파천케 하니 어찌 신하의 도리리오. 마땅히 한번 죽어 나의 丹忠을 표백하리니, 낯을 가리고 마음을 속여 역적을 섬김은 人類가 아니라.」

하고 꾸짖기를 마지 아니하거늘, 안녹산이 대로하여 칼을 빼어 그 자리에서 베니라. 문득 손호철이 들어와 고하되,

「곽자의가 낙양을 쳐서 한을 베고 동경을 앗았다.」

하니 녹산 왈,

「곽자의가 무슨 용맹과 지략이 있관데 이렇듯 勝捷하느뇨.」

윤사기 왈,

「이 사람을 능히 당할 길 없으니 가히 口辯 있는 사람을 보내어 달래어 봄이 좋을까 하나이다.」

녹산이 未及答에 이저아가 나와 가로되,

「내 곽자의로 더불어 少時부터 친밀하니, 마땅히 달래어 스스로 귀순케 하리라.」

하니 녹산이 기뻐 허락하는지라. 이저아가 인하여 下直하고 필마로 달려 낙양으로 갈새 심중에 생각하되,

「내 이제 곽자의를 달래어 성공하여도 일후 경서 뜻이

---

*대경대법 : 공명 정대한 원리와 법칙.

방자하여 갈소저의 연고로 말미암아 나를 응당 해하려

할 것이요, 녹산이 본디 오랑캐로 仁義가 전혀 없어 대

사를 이루지 못할 것이매 내 반드시 중간에서 방어하

여 천자의 厚恩을 저버리지 아니함이 옳다.」

하고 낙양에 이르러 수문군더러 이르되,

「宦官 이저아가 비밀히 고할 일이 있어 왔다.」

하고 절도사 노야께 고하라 하니 군사가 들어가 고한 후

이저아가 帳前에 이르러 공순히 배한되 곽자의 문왈,

「무슨 일로 나를 보려 하느뇨.」

이저아 왈,

「생이 양귀비 분부로 낙양에 갔다가 천만 뜻밖에 녹산

이 謀逆하매 몸이 능히 도망치 못하였더니, 이제 녹산

이 나로 하여금 장군을 달래어 귀순하게 하라 하기로

급히 왔사오니, 장군이 이제 빨리 장안으로 나오시면

내 돌아가 좋은 말로 이르고 内應하여 녹산을 잡게 하

리이다.」

하거늘 자의 왈,

「연즉 다시 말 말고 바삐 돌아가 대사를 그르게 말라.

나는 본디 사람을 의심치 아니하노라.」

하니 이저아가 즉시 돌아가니라.

차설, 선시에 갈소저 삼인이 뇌만춘의 진을 떠나 장안

으로 향하여 갈개뫼를 넘어 수십리를 행하며 살펴본즉,

적병이 도처에 遍満*하매 감히 나아가지 못하고 무태관

밖에 방을 세 내어 머물러 세월을 보내더니 이러구러 사

오삭이 된지라. 곽자의가 동경 回復함을 듣고 삼인이 바

야흐로 길을 올라 낙양에 이르러는 순초군을 만나 진 중

―――――――――――――
*편만: 널리 참. 꽉 참.

에 이르러 공문 사연을 전한되, 복고 희은이 들어가 곽
공께 품하되,

　「밖에 피난하는 여자 삼인이 수양성 부장 뇌만춘의 공
　문을 가지고 지나가기로 소장이 擅斷치 못하여 아뢰나
　이다.」

하거늘, 공이 공문을 들이라 하여 보고 왈,

　「원래 갈태고의 여아이어니와 去年 추구월에 성접한 것
　이어늘 어찌 이렇듯 지완히 왔느뇨.」

　희은 왈,

　「소장이 자세히 물은즉 일로에 도적을 두려워하여 길
　을 행치 못하고 무태관 밖에서 사오삭을 逗留하다가 동
　경 회복함을 듣고 이제야 이곳에 이르렀노라 하더이다.」

　곽공 왈,

　「이미 묻기를 명백히 하였을진대 이는 충신의 딸이니
　뇌장군의 공문이 없어도 일정 그르지 않으리라.　길을
　가르쳐 장안으로 보냄이 좋되 다만 적병이 서경에 雄
　據하였으니 무사히 득달치 못할 것이매 아직 이　근처
　에 있다가 사세를 보아 돌아가라 이르라.」

하거늘, 희은이 영을 듣고 나와 위구를 불러 곽공의 이
르던 말을 이른 후 공문을 도로 주거늘,　삼인이 사례하
고 진 밖에 나와 두루 살펴 인가를 찾고져 하여 방황하더
니, 한 곳에 연기 남을 보고 바삐 찾아 나아가니 과연 庵
子가 있거늘 문을 두드린데, 이윽고 여승이 나와　合掌하
고 들어가기를 청하는지라. 삼인이 들어가며 살펴본즉 懸
板이 자항암이라 하였더라. 두어 노승이 나와 예하고 문
왈,

　「존객은 어디로부터 오시니이까.」

위구 답왈,

「우리는 피난하여 정처없이 다니더니 귀한 절에 한때 머물어 감을 청하나이다.」

노승 왈,

「寺中에 또 한 주인이 계시니 들어가 청하라.」

하기로 위구 왈,

「주인은 어디 계시뇨.」

말이 마치지 못하여 여승이 일위 菩薩을 모셔 후문으로부터 나오는지라. 노승이 가리켜 왈,

「이곳 주인 노사라.」

하거늘 삼인이 눈을 들어본즉, 그 보살이 머리에 정화관을 쓰고 몸에 학창의를 입었으며 목에 염주를 걸고 손에 백옥 竹箆*를 쥐었는지라. 이에 삼인이 나아가 예하니 보살이 답례하고 한가지로 당에 올라 좌정한 후 문왈,

「귀객이 어디로부터 陋地에 이르렀나뇨.」

위구 왈,

「우리 모녀가 저 소저를 모시고 피난하여 범양으로부터 장안으로 가다가 中路에서 길이 막혀 이곳에 왔사오니 바라건대 尊師는 구하소서.」

보살이 소저를 향하여 왈,

「소저 행색을 본즉 미천한 여자가 아니니 소저 根着을 듣고져 하나이다.」

소저 대왈,

「첩의 성은 갈이요, 부친 이름은 태고라. 어사 태부로서 간신의 참소를 입어 범양 첨판을 하였더니, 역적 안녹산에게 잡혀 옥 중에 갇혔고 첩은 안경서의 욕이 當

---

*죽비 : 불사 때 중이 손바닥 위를 쳐서 소리를 내어 불사의 시종을 절주함.

頭하매 겨우 도망하여 저 여자로 더불어 千辛萬苦를 지내고 이에 이르렀나이다.」

보살 왈,

「이 아니 갈어사이뇨.」

소저 왈,

「그러하거니와 존사가 어찌 아시니이꼬.」

보살이 소왈,

「나는 다른 사람이 아니라 소저의 隔墻*에 있던 괵국부인이러니, 국운이 불행하여 난을 당하니 천자가 播遷하시매 내 집을 버리고 중이 되어 이곳에 있더니, 오늘날 소저를 만날 줄 어찌 뜻하였으리오.」

소저가 청파에 대경 왈,

「그러한 줄 모르고 실례함이 많사오니 더욱 불안하옵거니와, 이제 첩이 머물 곳이 없사오매 부인은 慈悲之心을 발하사 첩의 신세를 살피소서.」

보살 왈,

「이는 비탄지사나니 들은즉 곽공이 분부하되, 閭巷 촌사와 사찰 道觀*에 근본 모르는 사람을 붙이지 말라 하였다 하니 그를 염려하노라.」

소저 왈,

「그는 염려 없나이다.」

하고 공문 사연과 곽공의 지휘하던 말을 전한 후 공문을 내어 보이니, 보살이 보다가 종경기 정실이라 하는 데 이르러는 문득 놀라 문왈,

「장원 종경기가 그대 낭군인데 서축에 貶謫*한 후 소

---

*격장 : 담 하나를 사이에 두고 이웃함.
*도관 : 도사가 수도하는 산의 깊은 곳.
*폄적 : 벼슬을 강등(降等)시키고 멀리 옮겨 보냄.

식이나 들었나뇨.」

소저가 비창하여 왈,

「相距가 만여 리라 어찌 소식을 들으리이꼬.」

보살이 왈,

「전일 장안에 있을 때 종랑이 한번 만나 사귐이 있더니, 금일 그대를 만나 소유를 듣고 昔日 번화하던 일을 생각하매 가장 슬프도다.」

하고 인하여 여동을 불러 소저를 보호하여 편히 머물게 하니라.

차설, 삼인이 서로 의지하여 光陰을 허비한 지 이미 수삭이라. 일일은 소저가 벽주로 더불어 난간을 의지하여 서로 회포를 설파할새 소저 왈,

「나의 명도가 崎險*하여 삼세에 모친을 여의고 부친 품에서 자라나매 부녀지정이 타인에서 유별하더니, 이제 부친 사생을 모르고 내 몸이 홀로 그대 모녀의 眷眷* 한 덕을 힘입어 이곳까지 전진하였으니 그 高尚함은 측량없는지라. 하늘이 도우사 만일 일후 복록을 누릴진대 그대 모녀와 고락을 한가지로 하고져 하노라.」

벽주 왈,

「방금 소저의 경상을 石木이 아니면 뉘 아니 감동하리오. 雖然*이나 첩의 거취는 소저의 지휘대로 하리니, 범양에서부터 이미 사생을 돌아보지 아니하였거든 후일 고락을 한가지로 함을 사양하리오.」

하더라.

이날 밤에 月白 風淸하매 소저가 벽주 모녀로 더불어

---

*기험 : 팔자가 험악하고 사나움.
*권권 : 가엾게 여기어 마음이 늘 쏠림.
*수연이나 : 그러하나.

94

庭中에서 배회하며 심회를 문답하더니, 문득 향취가 진동하며 兩位 선녀가 구름을 타고 공중으로부터 내려오거늘, 삼인이 惶忙히 맞아 당에 올라 좌정한 후 예로써 뵌데, 한 선녀는 偃然히 앉아 예를 받고 한 선녀는 황망히 일어나 소저를 향하여 恭順히 절하거늘, 소저가 황공하여 다시 재배 왈,

「양위 선녀는 玉京에 근시하시는 귀한 몸이요, 소첩은 塵世의 미천한 사람이어늘 어찌 이렇듯 과례하시나뇨.」

한 선녀가 답왈,

「我等은 다른 사람 아니라, 나는 수양 태수 장순의 첩 오씨요, 저는 소저를 위하던 홍애니, 우리가 죽으매 상제께서 忠烈을 아름다이 여기사 나는 정숙부인을 봉하고 저는 난가원군을 봉하여 인간사람을 살피라 하시매 우리 두루 다니더니, 난가원군이 고인의 의기가 있다 하여 한번 보기를 청하매 내 또한 따라왔나이다.」

소저 왈,

「그러하면 홍애의 얼굴이 변함은 어찌 된 일이뇨.」

정숙부인이 소왈,

「仙家 법식을 소저가 어찌 아오리까. 만일 잊지 않을진대 의심없이 옛 얼굴을 보게 하리라.」

하고 소매를 들어 난가원군의 낯을 한번 스치니 과연 홍애라. 삼인이 더욱 놀라고 반겨 一時에 달아들어 붙들고 통곡하니 홍애가 눈물을 거두고 왈,

「소비가 소저로 더불어 사생지경이 중하매 비록 幽明이 다르나 마음은 잊을 바가 아니라, 이제 心懷를 상하오지 말으소서.」

하거늘, 소저가 대답코져 할 즈음에 부인이 때 늦었음을

일컬어 가기를 재촉하는지라. 홍애가 이에 몸을 일어서며 왈,

「소저는 때를 만나면 복록이 無量(무량)하실지라, 세상 인연이 진한 후 다시 서로 만나리이다.」

하고 言畢(언필)에 정숙부인으로 더불어 구름을 허위 잡아 공중에 솟아 올라 漂漂(표표)히 가니 그 자취 茫茫(망망)하여 간 곳을 모를러라.

차설, 이튿날 저자에 소금 실러 갔던 중이 급히 들어와 이르되,

「안경서가 군을 몰아 동관으로 오며 여염과 관사와 寺刹(사찰), 도관을 擄掠(노략)하며 부녀를 劫奪(겁탈)한다 하니 빨리 도망하라.」

하거늘 모든 僧(승)이며 갈소저 일행이 대경하여 전지도지 도망할새 소저 왈,

「다른 것은 의논치 말고 공문을 지니고 가리라.」

하니 벽주 왈,

「이미 몸에 가졌으니 염려 말으소서.」

하며 소저는 위구의 손을 잡고 벽주는 괵국부인 손을 잡아 문을 나며 살펴본즉, 도적이 벌써 뫼를 넘어 들어오는지라. 제인이 혼비백산하여 망조히 뫼를 넘어 물을 건너 각각 목숨을 도모하여 달아날새 날이 저물며 적세가 점점 급한지라. 더욱 蒼黃(창황)하여 도망하더니 동방이 기명하여 도적이 다 지나갔거늘, 벽주가 바로 정신을 차려 돌아본즉 위구와 갈소저가 간 데 없는지라. 벽주가 罔極(망극)하여 뫼를 헤쳐 찾으나 마침내 종적이 없거늘 가슴을 두드려 放聲大哭(방성대곡)하니, 괵국부인이 위로하여 데리고 있던 절로 돌아오며 가로되,

「도적이 이미 지나갔으매 분명히 다시 돌아오리니 지레 傷心하지 말라.」

벽주 왈,

「이 兵亂 중에 서로 잃고 생사를 모르니 어찌 망극치 아니하리오.」

하더라.

이때 갈소저가 위구를 받들고 창황히 가다가 날이 밝은 후 도적이 지나감을 보고 정신을 收拾하여 돌아본즉 곡국부인과 벽주가 없는지라. 서로 슬퍼하며 행하여 물가에 이르러는 갈 바를 알지 못하여 수풀을 의지하여 탄식하더니, 日勢가 이미 석양이 되매 작은 배 하나가 上陸하러 내려오다가 물가에 대고 닻을 주어 머물거늘, 소저가 위구더러 왈,

「저 배를 값을 주고 물을 건너 장안으로 바삐 가면 어떠하뇨.」

위구 왈,

「마땅하도다.」

하고 船人을 부르고져 하더니 선중으로부터 한 老姑가 나오며 문왈,

「어떤 사람이완데 물가에서 방황하는다.」

위구 답왈,

「우리는 도적에게 쫓겨오더니 물을 당하여 건널 길 없어 주저하노라.」

노고 왈,

「나는 지아비를 데리고 고기 낚아 生涯하는 사람이어니와 아무커나 배에 오르라.」

하거늘 양인이 서로 붙들고 배에 오르며 살펴보니 과연

한 老翁과 노고뿐이나, 노옹이 문왈,

「양위 부인은 어디로 가려 하느뇨.」

위구 왈,

「이제 장안으로 가려 하노라.」

노옹 왈,

「시방 도적이 장안에 웅거하였거늘 그대 어찌 賊穴*에 들어가려 하느뇨. 날이 이미 늦었으매 선중에서 머물러 명일 행함이 마땅할까 하노라.」

소저와 위구가 그 賢心을 사례하고 배에서 밤을 지낼새 노고 문왈,

「그대 행색이 아마도 여항 여자가 아니니 그 연고를 알고져 하노라.」

소저는 黙黙하고 위구 답왈,

「나는 여염 여자거니와 저 소저는 갈어사 노야의 천금 公主라. 범양에서 난을 만나 겨우 목숨을 보전하여 이에 이르렀더니, 그대의 말을 들은즉 장안 길을 통치 못한다 하니 어찌 할지 난처하도다.」

노고 왈,

「사정을 들으매 가히 窮惻한지라. 내 배가 비록 누추하나 배에서 머물다가 장안이 平靜하거든 돌아가심이 좋을까 하나이다.」

소저가 사례 왈,

「파파의 厚意가 이 같으니 후일 당당히 은혜를 갚으리라.」

한데, 노고가 불감함을 칭사하고 노옹이 또한 소저가 仕宦家 여자요, 타일 후히 갚으리라 하는 말을 듣고 더욱

---

*적혈 : 도둑의 소굴. 적굴(賊窟).

98

기뻐하며 머물기를 懇請하거늘, 소저가 부득이하여 위구로 더불어 의지하여 세월을 보내더라.

차설, 차시에 곽자의가 이저아를 돌려보내고 두 아들로 더불어 의논 왈,

「이저아가 작은 고자라 그 말을 믿을 것이 없으나 대군을 오래 머물 것이 아니니 마땅히 兵馬를 배불리 먹여 길을 몰아 들어가 장안을 회복하리라.」

하더니, 문득 군사가 報하되,

「영무에서 사자가 왔다.」

하거늘 곽공이 바삐 부르라 하니 사자가 들어와 가로되,

「천자가 촉으로 가시다가 마외역에 이르러는 許多 장졸이 이르되, 양국충과 양귀비가 난을 빚었노라 하여 일시에 달려들어 양국충을 베어 군중에 回示하고 양귀비를 죽여야 상을 뫼셔 촉으로 가리라 하며 千兵萬馬가 조금도 움직이지 아니하매, 천자가 마지 못하여 고력사로 하여금 양귀비를 잡아 목 잘라 죽이니 그제야 장졸 등이 車駕를 뫼셔 촉으로 들어갈새 백성 등이 길을 막고 청하여 태자를 영무에서 天子位에 즉하신 후 천봉 십오년을 고쳐 지억 원년이라 하고 천하연지와 각읍에 頒布하여 각처 군마를 장안으로 모여 녹산을 치려 하나이다.」

하거늘 곽공이 청파에 대희하여 즉시 香案을 배설하여 北向 사배하더니, 또 군사가 보하되, 이저아가 녹산의 머리를 베어 가지고 진문 밖에 대령한다 하거늘 곽공이 더욱 기뻐하여 급히 불러들여 勝戰曲을 울리며 녹산의 머리를 기에 달아 군중에 호령하고 인하여 군을 몰아 장안에 들어 留陣하고 방을 붙여 백성을 안무하며 일변 傳令

하여 궁궐과 宗廟(종묘)를 수리할새 이저아가 곽공께 고하되,

「전일 어사 태부 갈태고가 녹산을 미워하고 내치어 범양 첨판을 하였더니, 녹산이 起兵(기병)하여 범양에 이르러 갈태고를 잡아 가족과 한가지로 가두고 죽이려 하였으니 가히 청하여 大事(대사)를 의논하소서.」

하거늘 곽공이 옳게 여겨 이저아로 하여금 청하라 하니 이저아가 즉시 옥에 나아가 갈어사를 모셔 진중에 이른데, 곽공이 맞아 좌정하매 갈어사 왈,

「소생이 역적에게 잡히어 사생을 未可知(미가지)러니, 오늘날 다시 세상을 보오니 장군의 은혜가 태산이 낮도소이다.」

곽공 왈,

「선생의 淸心高節(청심고절)은 평생 흠앙하던 바라. 국운이 불행하여 간신이 弄權(농권)하여 선생이 困厄(곤액)을 당하니 어찌 可惜(가석)치 아니하리오. 그러하나 방금 천자가 만리 촉지에 파천하시고 조정에 대신이 하나도 없는 중 내 또한 무식한 武夫(무부)라. 예모 절차에 鉏鋙(서어)*하매, 선생은 모름지기 가르쳐 事事(사사)에 差錯(차착)함이 없게 함을 바라노라.」

하고 인하여 좌우로 冠服(관복)을 가져다가 어사를 입히니 어사가 또한 사양치 아니하고 가로되,

「이제 공이 국가 대사를 당하여 급히 행할 일이 여러 가지라. 우선 연하와 백성을 진정케 하고 선황제께 바삐 勝戰(승전)한 첩서를 올린 후 장안으로 모시며, 종묘를 수리한 후 慰安祭(위안제)를 지내고 巡撫使(순무사)*를 정하여 각 도에 보내어 창고를 열어 飢民(기민) 등을 진휼하여 민심을 翕然(흡연)*케 하소서.」

---

* 서어 : 의견이 맞지 아니하여 뜻대로 되지 아니함.
* 순무사 : 고려 충렬왕 2년 안무사(按撫使)의 고친 이름.
* 흡연 : 인심이 합하여 한 곳으로 향하는 모양.

곽공이 대희 왈,

「만일 선생이 아니던들 이런 일을 어찌 깨달았으리요.」

하고 즉시 지휘대로 擧行할새 갈어사가 청왈,

「생이 집을 떠난 지 오랬으매 잠깐 다녀오리이다.」

하고 한낱 노복을 데리고 부중에 돌아오니 노복이 다 離散하고 장원이 퇴락하며 집안에 荊棘*이 가득한지라. 어사가 눈물을 머금고 사묘에 배알하고 여아의 침소에 이르러 새로이 통곡하더니 문득 노복이 보하되,

「이내관이 노야께 뵈어지라 하나이다.」

하거늘 어사가 淚水를 거두고 나와 맞아 禮畢에 이저아가 어사의 기색을 보고 문왈,

「이제 天幸으로 국가가 평정한지라. 존인의 슬픈 기색이 계시니 昔事를 感愴하심이니이까.」

어사 탄왈,

「내 일찍 鰥居*하고 다만 일녀를 두어 데리고 범양에 갔더니 도적에게 여아를 잃어 사생을 모르고, 금일을 만나 故土에 돌아오매 觸處의 여아 생각이 간절하여 자연 눈물이 흐름을 깨닫지 못하노라.」

이저아가 추연 왈,

「상공이 지금 영애의 存沒을 알지 못하시도다. 슈愛가 그때 옥 중에 갇히었으매 안경서가 그 자색을 보고 탐욕하여 데려다가 劫迫코져 할새, 소생이 말려 주인 집에 두었더니 그 밤에 영애가 머리를 섬돌에 부딪혀 죽고 주인 모녀가 도망하여 간 곳을 모르는고로 그 屍身을 걷우어 남문 밖의 두던*에 묻었고, 이저아가 상공

＊형극 : 온갖 고난.
＊환거 : 홀아비로 삶.
＊두던 : 둔덕

이 돌아와 슬퍼하실 듯하기로 부러 와 고하나이다.」

하거늘 어사가 차언을 듣고 聲張 昏絶하여 엎어지니 좌우 시녀가 구하여 回生하매 이저아가 재삼 위로하고 돌아가니라.

이튿날 곽공이 사람을 부려 갈어사를 청하니 어사가 마지 못하여 나아간대 곽공 왈,

「이제 천자를 맞아 오기는 대신이 아니면 못할 것이니 선생이 마땅히 삼백군을 거느려 서촉에 들어가 上皇을 뫼셔 오고 이저아는 영무에 가 선황제를 뫼셔 오고져 하니 선생 뜻은 어떠하뇨.」

어사가 마땅함을 이르고 인하여 발행하여 여러 날 만에 서천을 지나 부중역에 이르러 멀리 바라본즉, 일진 군마가 前道로 나아오거늘 어사가 군사로 하여금 탐문한즉 이곳 종한림이 鐵騎 삼천을 거느려 상황을 뫼셔 경성으로 향한다 하는지라.

원래 종한림이 서천에 도임하여 일이 한가하매 뇌씨로 더불어 경서도 학론하며 弓馬之才*를 연습하더니, 상황이 촉으로 가실새 서천을 지나시는지라. 한림이 중로에 나와 朝見한데 상이 전일을 뉘우쳐 한림의 손을 잡고 탄왈,

「전일 경의 直諫함을 들어 녹산을 없애지 못하고 이 지경을 당하였으니 경을 보기가 부끄럽도다.」

하시고 즉시 본직을 除授하사 데리고 성도에 들어가사 君臣이 서로 위로하더니, 이때에 곽자의가 장안을 회복함을 들으시고 즉시 종경기를 선봉 삼고 돌아오실새, 이 날 부중역에 다다라서는 한 군사가 路邊에서 외쳐 왈,

「어사 태부 갈태고가 상황을 뫼시러 왔나이다.」

* 궁마지재 : 활 쏘고 말 타는 재주.

하거늘 한림이 대회하여 말에서 내려 어사께 예하고 亭^정亭함을 한례한데 어사 왈,

「늙은 몸이 庸劣^{용렬}하여 역적의 손에 하마터면 죽을 뻔하더니, 이제 다시 상황을 뵈오니 오늘 죽어도 한이 없으리로다.」

한림 왈,

「선생의 일위 玉女^{옥녀}를 두어 계시더니 능히 보전하시니이까.」

어사가 눈물을 머금고 왈,

「여아의 일을 생각할진대 胸膈^{흉격}이 막히나니 다시 묻지 말라.」

한림이 듣기를 다하고 마음이 놀라와 가로되,

「선생 말씀이 어쩐 일이니이꼬.」

어사 탄식하며 당초 범양으로 데리고 가던 사연과 도적에게 잡히어 죽던 곡절을 낱낱이 이르니 한림이 청파에 心魂^{심혼}이 비월하여 눈물이 비온 듯하거늘, 어사가 또한 意外^{의외} 놀라 왈,

「여아의 慘景^{참경}은 듣는 자가 다 긍측히 여기는 바이어니와 그대 어찌 타문 규수의 소식을 듣고 이다지 過傷^{과상}하나뇨.」

한림 왈,

「이제 선생을 속이지 못하리이다.」

하고 드디어 금향정에서 수작하던 事根^{사근}을 설파하니 비창하여 어사가 또한 슬퍼하더라.

차설, 이때 선황제가 곽자의 尺書^{척서}를 보시고 영무에 이르사 상황을 뫼시고 여러 날 행하여 京師^{경사}에 이르사 홍정전에서 백관의 朝拜^{조배}를 받잡고 공신을 차례로 封爵^{봉작}할새,

곽자의로 汾陽王에 左丞相을 삼고 이광필로 매양왕에 右
丞相을 삼고, 종경기로 兵部尚書를 삼고 갈태고로 按撫
使를 삼고, 복고회은으로 기장군을 삼고 곽희로 우림장
군을 삼고, 곽애로 거기장군 삼고 이저아로 포상외감을
삼고, 고력사로 사제태감을 삼아 각각 공을 표하며 또 戰
亡 장사를 추증하여 幽明*간 公便한 상벌을 분명히 하고
뇌만춘 등 四將의 怨을 지어 사시 제향하게 하고 의등과
뇌해청 등을 또한 증직하여 그 충의를 褒獎하시고 갈어
사로 동경 안무사를 삼아 지방을 순행하여 백성을 撫恤
하라 하시고, 종경기로 河北 經略使를 하이사 대군 십만
을 조발하여 인경서를 치라 하여 즉일 出師하라 하시니
종상서가 사은하고 부중에 돌아와 뇌씨를 보고 왈,
　　「내 이제 국가 重任을 받아 안경서를 치러 가나니, 군
　　중에 여자의 행도가 不緊*하나 그대 이미 재용지모가
　　남자와 다름이 없으매 나와 동행하여 軍務를 상의함이
　　어떠하뇨.」
　뇌씨 왈,
　　「첩의 父叔이 다 역적에게 죽었으니 不共戴天之讎*라.
　　이때를 당하여 마땅히 한가지로 전장에 나가 안경서를
　　베어 나라를 평안케 하고 원수를 갚으리이다.」
하고 이에 행장을 차릴새 문득 갈어사가 이르러 종상서
를 보고 작별 왈,
　　「老身이 중임을 맡아 가히 遲緩치 못할지라, 먼저　낙
　　양으로 향하나니, 군이 하북으로 가는 길에 서로 만남
　　을 기약하노라.」

───────────

＊유명：이승과 저승.
＊불긴：요긴(要緊)하지 아니함.
＊불공대천지수：이 세상에서는 함께 살 수 없는 원수. 아주 큰 원수.

상서 왈,

「소생이 병마를 整齊(정제)하노라면 자연 지완하나, 가는 길에 만나기를 어찌 근심하리이꼬.」

하고 인하여 문에서 전송하니라.

차설, 갈어사가 節鉞(절월)을 거느려 여러 날 만에 낙양에 도임한 후 인하여 위의를 떨치고 필마 단기를 방방곡곡에 다니며 백성을 안무하고 창고를 열어 진휼하며 農桑(농상)*을 권하고 賦役(부역)*을 감하여 민심을 안도하게 할새, 일일은 한 곳에 이른즉 산상에 작은 암자가 있는지라. 말을 채쳐 산상에 올라 下吏(하리) 등을 산문 밖에 두고 홀로 법당에 들어가니 제승이 염불하다가 당에 내려 맞거늘, 어사가 당에 올라 좌정한 후 눈을 들어본즉 其中(기중)* 한 보살의 안면이 심히 익은지라. 심중에 헤오되,

「괵국부인과 彷彿(방불)하니 가장 고이하도다.」

하고 문왈,

「보살이 괵국부인이 아니냐.」

보살 왈,

「과연 그러하거니와 그대는 뉘시뇨.」

어사 왈,

「나의 성명은 갈태고러니, 이 땅 안무사를 하여 왔노라.」

부인 대경 왈,

「상공이 수삭 전에 오셨던들 귀한 여아를 만나 보셨을 것이니다.」

대경 왈,

---

*농상 : 농사 일과 누에 치는 일.
*부역 : 국가나 공공단체가 국민에게 의무적으로 책임 지우는 노역.
*기중 : 그 가운데. 그 속.

「여아란 말이 어인 말인고.」

부인 왈,

「영애가 피란하여 이곳에 와 머물더니 수삭 전에 도적
이 이곳에 들어오매 피하여 간 곳을 모르니·애닯아하
나이다.」

어사가 더욱 의아하여 왈,

「내 일찍 일녀만 두었다가 도적에게 죽었거늘 어인 여
자가 이곳에 피난하였으리오.」

부인 왈,

「상공이 믿지 아니하시거든 갈소저와 한가지로 왔던 여
자가 이에 있으니 물어 보수서.」

하고 벽주를 부르니 벽주가 夾室(협실)에 있어 시중을 들었는
지라, 불의에 모르는 남자를 대함이 羞愧(수괴)*하나 갈소저의
부친이라 하니 감히 피치 못하리라 하고 나와 부인 곁에
섰거늘 어사 왈,

「내 京師(경사)에서 환관 이저아의 말이 여차여차하였거늘,
이제 낭자와 한가지로 이곳에 피난하였더라 하니 그 곡
절을 자세히 알고져 하노라.」

하거늘 벽주가 전후 수말을 낱낱이 고하는지라.   어사가
此言(차언)을 듣고 대성통곡하며 홍애를 일컬어 왈,

「범양서 이곳이 천리라. 子子單身(혈혈단신)으로 이 난중에 어찌
득달하였나뇨.」

벽주 왈,

「뇌장군의 공문이 아니면 어찌 이에 이르렀으리오.」

어사 왈,

「공문이 어디 있나뇨.」

---

*수괴 : 부끄럽고 창피스러움.

벽주가 즉시 드리니 어사가 바라보다가 왈,

「이 가운데 종경기 正妻란 말이 어인 말인고.」

벽주가 뇌만춘이 딸로 종한림께 구혼하다가 마침내 別室을 주던 전후 사연을 고한되, 어사가 한림 행사를 일변 迂闊히 여기며 일변 執心을 어렵게 여기며 왈,

「그대는 慈母를 失離하고 나는 여아를 잃어 存亡을 모르나, 여아의 사생간 너의 모를 의지하였으리니 너는 나를 의지하여 서로 위로함이 어떠하뇨.」

벽주가 사례 왈,

「여항간 천한 몸이 감히 존전 容納하기 어려울까 하나이다.」

어사가 미급답에 괵국부인 왈,

「상공이 이미 뜻이 계시니 너는 모름지기 사양치 말라.」

벽주 왈,

「진실로 명교를 奉行코져 하나이다.」

하고 인하여 재배한 후 父女之義를 정하니 어사 왈,

「네 이곳에서 기다리면 내 돌아가 轎子를 보내리라.」

인하여 괵국부인을 작별하고 아중에 돌아가 즉시 교자를 보내어 벽주를 데려다가 내아에 두고 시비를 정하여 信任케 하니라.

일일은 하리가 보하되,

「하북 경략사 상공이 이르시나이다.」

하거늘, 어사가 대희하여 맞아 들어와 寒暄*을 마친 후 미소 왈,

「내 그대를 위하여 기쁜 소식을 바삐 전하노라.」

상서가 대왈,

---

*한훤 : 일기의 춥고 더움. 한훤문(寒暄間).

「무슨 기쁜 일이니이꼬.」

어사 왈,

「내 이곳에 이르러 지경을 巡行하다가 자항암에 이르러 여아를 만나매, 그 반갑고 기쁨은 이루 말할 수도 없고 도리어 그대 나와 같이 슬퍼하던 일이 망령되도다. 이제 아중에 있으니 어찌 하늘이 도우심이 아니리오.」

하거늘 상서가 半信半疑하여 왈,

「대인 말씀 같을진대 범양서 戰死하는 이는 뉘이니꼬.」

어사 왈,

「ㄱ는 여아의 侍兒 홍애가 의복을 바꾸어 입고 스스로 죽고, 여아는 범양 민간 여자 모녀로 더불어 도망하여 자항암에서 머물다가 천만 뜻밖에 서로 만나매 그 즐거움은 이루 기록치 못할 바이요, 듣던 말은 다 믿을 것이 없더라.」

하니 종상서가 이 말을 들으매 이왕 죽은 줄로 알아 슬퍼하던 것이 도리어 우습거니와, 閨中弱質이 병란 중에 芳身을 보전하여 그 부녀가 상봉함이 기이함을 稱善하고 어사를 대하여 萬萬致賀하며 왈,

「그때 영애가 죽어 이저아가 묻었노라 하던 사람은 뉘시니이꼬.」

어사가 홍애의 대사함과 위구 모녀로 더불어 도망하던 사연을 길게 이르니, 상서가 홍애의 爲主 충심을 못내 탄복하더니 왈,

「아녀가 이제 돌아왔으매 그대 신의를 완전케 하고자 하노라.」

상서 왈,

「천리에 傷懷하며 삼년 몽매에 일찍 원앙채를 붙들음을 맹세하였다가 중도에 불행한 소식을 듣고 心膽이 崩裂하여 다시 婚娶에 뜻이 없더니, 이미 천행으로 영애 생존하였고 선생이 또 留意하시니 어찌 가기를 지완하리이꼬.」

어사 왈,

「일찍 通婚함이 없이 여아로 그대의 정실이라 함은 어찐 일이뇨.」

상서 왈,

「생이 일찍 漏泄함이 없더니 선생이 어디로조차 들으시니이꼬.」

어사가 뇌만춘의 공문 사연을 설파한 뒤 상서 왈,

「그때 생의 어린 의사가 영아에게만 마음이 있는고로 뇌공의 구혼함을 假託하였으나 또한 인연이 있어 뇌씨를 취하나 오히려 原位*를 비워 영애를 기다리나이다.」

하고 담화할새 侍者가 문득 보하되,

「이학사 노야가 오시나이다.」

하거늘 양인이 반겨 맞아 좌정한 후 어사 왈,

「형이 어찌 이에 이르렀나뇨.」

학사 왈,

「소제가 그 사이 벼슬을 갈고 산수를 유람하여 崇山으로 가는 길에 형을 보러 왔노라.」

하니 상서가 미소 왈,

「금일 대인을 만남이 또한 기이한지라. 생이 갈선생 여아로 정혼하려 하나 중매가 없어 無味하오니 대인은 중

─────────

*원위 : 본디의 지위(地位).

매의 소임을 사양치 말으소서.」

학사가 흔연 왈,

「나는 술을 좋아하니 술을 많이 먹이면 중매 所任(소임)은 고
사하고 시녀 소임이라도 감당하리라.」

상서 왈,

「생이 이제 대군을 중로에서 오래 지체 못 하매 오늘
이라도 納聘(납빙)하고 성례는 도적을 파하고 돌아와 하리로
소이다.」

하거늘 어사와 학사가 그 말이 마땅함을 이르더라. 이윽
히 담소하다가 상서 하직하고 本陣(본진)으로 돌아와 뇌씨를 대
하여 ㄱ 소유를 이르고 聘物(빙물)을 치러 이 날 납빙하고 대
연을 배설하여 즐기고 인하여 하직 왈,

「군정이 시급하오매 오래 遲留(지류)치 못하나이다.」

하니 양공이 勝戰立功(승전입공)하여 수이 돌아옴을 이르더라. 상
서가 돌아와 군마를 재촉하여 하북으로 나아가니라.

이때 갈어사가 이학사를 머무르고 내아에 들어가 벽주
를 보고 수차 招誘(초유)를 이르니 벽주 왈,

「소저가 매양 원하되 평생 한집 사람이 되어 고락을 한
가지로 하자 하더니, 이제 賤女(천녀)는 먼저 종한림과 성례
하게 되오니 소저의 원이 맞다 하려니와 소저의 존망
을 모르고 천녀가 먼저 빙물을 받음이 義(의) 아니오라. 시
방 장안이 평정하였사오매 소저의 자취를 찾아봄이 가
할까 하나이다.」

어사 왈,

「네 말이 가장 옳다.」

하고 이에 소저의 성명, 年齒(연치)*, 거주를 기록하여 四處(사처)에

---

*연치 : 나이의 경칭. 연세(年歲).

110

방을 붙여 말하되,

「만일 소저의 소식을 알아 통하는 자가 있으면 은 오
십냥을 주리라.」

하였더라.

차설, 이때 갈소저가 어옹부부의 만류함을 좇아 선중
에 逗留*하매 어옹부부가 장래 덕이 있을까 바라고 대접
함이 극진하니 조석 근심은 없으나 부친 사생을 몰라 주
야 슬퍼하고, 위구는 벽주 蹤迹을 알지 못하여 조석 애
통하더니 일일은 어옹이 고기를 팔러 저자에 갔다가 그
방을 보고 손뼉 치며 대희 왈,

「하늘이 이렇듯 지시하시니 이제는 족히 살리로다.」

할새, 한 놈이 그 거동을 보고 어옹을 이끌어 조용한 곳
에 나아가 그 즐기는 연고를 묻거늘 어옹이 갈소저의 전
후 사연을 자세히 일러 왈,

「이제 방 붙인 것을 본즉, 만일 갈소저의 소식을 전하
는 자는 은자 오십냥을 주고, 있는 곳을 아는 자는 은
자 백냥을 주마 하였으니 합하여 일백 오십냥을 얻은즉
내 생애가 이에 有足할 것이매 어찌 즐겁지 아니하리
오.」

하니 그 노고 왈,

「네 복이 없고 뜻이 작도다. 그 처자의 容貌 才質이 어
떠하더뇨.」

어옹 왈,

「그 얼굴은 萬古一色이요, 그 재주는 모르는 것이 없
더라.」

하니 그 노고 왈,

---

*두류 : 머물러서 떠나지 아니함.

「방금 분양궁에서 값을 내어 시녀를 사되, 용모 재질이 갖춰 있는 자는 은자 삼백냥을 주나니, 내 마땅히 薦擧*할 것이매 그대는 이백냥을 가지고 나는 백냥을 가지면 그 아니 좋으냐.」

어옹 왈,

「불연하다. 갈소저는 재상의 천금 귀녀라. 가기를 즐겨 아니하면 어찌하리오.」

그 노고 왈,

「그대는 염려치 말라. 자연 처치할 도리가 있으니 다만 분양궁 사람을 데리고 그대의 배에 가 그 여자의 얼굴을 보여 만일 마땅타 하거든 여차여차하면 그 여자가 결단코 속아 올 것이니 족히 근심할 바가 없느니라.」

어옹 왈,

「그 소저가 분양궁에 가서 이 말을 하면 우리가 도리어 죄를 당하고 은도 못 얻어 먹으리라.」

노고 왈,

「그렇지 아니하다. 너는 본디 배를 가지고 물로 떠다니고 나는 다만 솥 하나뿐이라. 銀資를 받은 후 나도 네 배에 올라 멀리 가면 제 어찌 찾으리오.」

어옹 왈,

「그 계교가 가장 좋으니 내가 장안 문 밖에 배를 대었으매 그대는 나를 쫓아오라.」

하고 돌아가매 위구와 소저가 船艙에 앉았거늘, 어옹 심중에 歡喜하여 그 처더러 가만히 연유를 이르고 석식을 먹더니, 이윽고 그 노고가 삼사 官卒을 데리고 선변에 이르러 외쳐 왈,

---

*천거 : 인재를 어떤 자리에 추천하는 일.

「우리 곽부중에서 금색 鯉魚*를 사러 왔으매 값을 중
  히 주리라.」
한데 어옹 왈,
  「잡은 것이 없으니 다른 데 구하라.」
하거늘 관졸 왈,
  「일정 숨기는가 싶으니 우리가 선중에 들어가 보리라.」
하고 일시에 들어가 두루 찾는 체하다가 일시에 눈을 들
어 갈소저를 익히 보니 소저가 失色하여 급히 피하나 배
안이 壅塞하여 용납할 곳이 없는지라. 다만 머리를 숙이
며 소매로 낯을 가리오나 관인이 벌써 보았는지라. 관인
이 배에서 내려 노옹더러 왈,
  「과연 이어는 없음이 분명하나 그대는 사줌이 어떠하
  뇨.」
  어옹 왈,
  「사줌이 무엇이 어려우리오.」
하고 중인을 따라 그 노고의 집에 이르러 관인 왈,
  「그 여자가 과연 노야의 뜻에 合當하도다.」
하고 삼백냥을 주고 왈,
  「그 곁에 있던 사람은 뉘뇨.」
  노고 왈,
  「내 친척의 사람으로 자식이 없어 선중에서 그 여자를
  보호하나니라.」
  관인 왈,
  「곽노야가 미인을 사시매 유모를 껴 사나니 그 여자를
  따라감이 어떠하뇨.」
  어옹 왈,

---

*이어 : 잉어.

「값을 더 주면 무엇이 어려우리오.」

노고가 관인을 권하여 이십금을 더 주고 文書를 여아와 친척 위구를 곽부에 은자 삼백 이십냥을 받고 파노라 하였더라. 어옹이 은자를 받아 그 노고의 집에 두고 선중에 돌아와 소저와 위구를 대하여 왈,

「작일에 들으니 상황이 公館을 修整하여 적란에 부모 형제 자녀를 잃은 사람을 불러 그곳에 두고 각각 소원대로 친척 古宅을 찾게 한다 하니 소저는 모름지기 노고로 더불어 그곳에 가 차차 세월을 기다림이 마땅하니, 만일 가고져 할진대 내 교자를 얻어 오리이다.」

하거늘 소저가 청파에 생각하되,

「이 말이 또한 유리하니 아무렇거나 가보리라.」

하고 왈,

「내 선중에서 여러 날 머물던 은혜를 갚기 어렵도다.」

하며 꽂고 있던 金鳳釵*를 빼어 주고 수작할 즈음에 교자가 船頭에 이른지라. 소저와 위구가 어부를 이별하고 교자에 오르니라.

차설, 소저가 한 곳에 이르러 교자를 내려놓거늘 눈을 들어본즉 朱樓彩閣이 굉장한 곳에 악기와 花草等物이 벌여 있는지라. 이윽고 시비 십여인이 빛나는 의상과 경대를 가지고 나와 소저를 대하여 丹粧함을 재촉하거늘 소저가 놀라 문왈,

「이 어인 일이뇨.」

시비 등 왈,

「그대는 모르는다. 이 집은 분양왕 궁중이라. 그대를

───────────
*금봉채 : 금으로 봉황(鳳凰)을 새겨서 만든 비녀.

중가 주고 사 옴은 궁녀에 充數하여 오늘 노야 壽宴에 참예하려 하니 바삐 단장을 수습하라.」

하거늘 소저가 청파에 心寒骨驚하여 왈,

「이 어인 말이뇨. 나는 재상의 여아라 어찌 이런 곳에 빠지리오. 바삐 놓아 보내라. 그렇지 아니하면 내 죽어 名節을 밝히리라.」

하니 그 시비 등이 그 거동을 보고 서로 이르되,

「금일 宴席에 이 巨罪 나면 우리가 죄를 당하리니 아직 두어 마음을 진정한 후 노야께 아뢰리라.」

하고 잔치에 들어가 참예할새, 차시 분양왕이 크게 賓客 친척을 모아 즐기더니 문득 詔書가 이르렀으매 받아본즉,

「하북 경락사 종경기가 군사가 적어 도적을 당하지 못한다 하매 경의 부장 복고회은으로 하여금 본부병을 주어 경기를 도와 討賊하라.」

하였거늘, 왕이 즉시 복고회은을 불러 조서를 반포하니, 회은이 聽令하고 본부병 삼만을 조발하여 주야로 하북에 이르러 진세를 살피니, 진을 좌우로 갈라 쳤으되 한 진은 붉은 旗幟요, 한 진은 흰 기치라. 고히 여겨 군사로 탐문한즉 붉은 기치는 경락사의 진이요, 흰 기치는 뇌씨의 진이라 하거늘 회은이 경락사의 진에 나아가니 경락사가 맞아 왈,

「생이 재주가 용렬하여 능히 도적을 당치 못하고 장군으로 하여금 원로 驅馳하게 하매 가장 불안하도다.」

회은 왈,

「몸이 國祿之臣이 되어 어찌 수고를 사양하리오.」

하고 적세를 묻되 경락사 왈,

「적세가 강경하기로 측실 뇌씨와 진을 나누어 위엄만 보이고 아직 싸우지 아니하였노라.」

회은 왈,

「적병은 烏合之衆(오합지중)이라 무슨 근심하리오. 소장이 먼저 싸울 것이매 경략사는 뒤에서 위엄을 도우라.」

하더니 言未畢(언미필)에 적장 안조홍이 나와 싸움을 돋우거늘, 회은이 甲冑(갑주) 갖추고 말에 올라 창을 휘두르며 내달아 싸워 수합이 못하여 안조홍을 베어 말에 달고 좌우충돌하여 본진으로 돌아오니라. 경략이 뇌씨를 청하여 군무사를 의논할새 뇌씨가 백마를 타고 십여 시녀를 거느려 몸에 금단포의를 입고 손에 날랜 칼을 잡았으니 가장 살기가 登天(등천)하고 날램이 제비 같더라. 경략이 뇌씨를 대하여 왈,

「이제 조정이 복고장군을 보내어 한 싸움에 적장을 베이니 무슨 계교로써 도적을 파하리오.」

뇌씨 왈,

「상공은 적병을 유인하여 크게 싸워 성문을 지나거든 첩이 乘時(승시)*하여 계교를 쓰면 반드시 파하리이다.」

하고 정히 의논할새 안경서가 檄書(격서)를 보내어 싸움을 돋우는지라. 경략이 대로하여 왈,

「叛賊(반적)이 나를 서생이라 하여 이같이 업수이 여기니 쾌히 使者(사자)를 베이리라.」

하거늘 뇌씨 왈,

「양진이 상대하매 來使(내사)를 베임이 불가하니 상공은 노를 그치고 싸울 날을 정하여 보내소서.」

경략이 옳게 여겨 명일 決戰(결전)함을 일러 보내니라. 경략

---

*승시 : 죽은 때를 탐.

이 각 영에 분부하여 奇計를 준비할새 뇌씨가 營中에 돌아가 군마를 點考하여 명일에 삼영대군을 一處에 모으고 적병을 기다릴새, 경략사는 節鉞을 앞에 세우며 황나산을 받치고 금봉 투구에 紅錦戰袍를 입고 청강보검을 들며 飛雲驄을 탔으며, 복고회은은 황금 투구에 鎖子甲을 입고 장창을 들어 좌편에 서고 뇌씨는 소초 속운갑을 입고 將臺에 올라 북을 울려 군세를 도우니 범양 성중으로부터 허다 군마가 일시에 나와 진세를 베풀새, 안경서가 백모황월을 세우고 윤사기와 사사명이 좌우로 호위하여 문의 하에 나서며 싸움을 돋우거늘 경략사가 말을 달려 경서로 더불어 交鋒할새 회은이 헤오되,

「경략사가 비록 지용이 겸전하였으나 白面書生이라.」

행여 실수할까 하여 뒤에서 가만히 살을 빼어 조궁에 메겨 경서의 말을 맞히니 말이 거꾸러지며 경서가 떨어지거늘, 경략사가 정히 칼을 들어 경서를 베려 하더니 윤사기가 소리를 지르며 달려드는지라. 복고회은이 급히 내달아 맞아 싸울새 손호철이 경서를 ·구하여 가니 경략사가 또한 본진으로 돌아오고 회은은 윤사기와 싸워 사십여 합에 不分勝負러니, 회은이 문득 一計를 생각하고 거짓 패하여 달아나니 윤사기가 크게 고함하고 따르거늘, 회은이 혹 싸우며 혹 달아나 점점 유인하여 윤사기가 가까이 옴을 보고 칼을 길마에 걸고 가만히 살을 빼어 몸을 돌리며 쏘아 윤사기가 왼편 눈을 맞히니 자기가 떨어지는지라.

오른쪽 눈은 전일 뇌만춘의 살을 맞더니 또 눈을 맞으매 이미 소경이 되었거늘, 회은이 乘勝하여 자기를 사로잡고져 하더니 사조기가 달려와 구하여 돌아가는지라. 관

군이 달려 들어가니 적군이 大敗하여 급히 달아나 성에 들어 문을 닫으매 관군이 돌아왔더니, 명일 회은이 진문 밖에 나와 싸움을 돋우되 적군이 마침내 나오지 아니하는지라. 사오일 후에 도적이 대완마 천여 필을 내어 강변에 와 물을 먹이거늘 뇌씨가 대희하여 충원으로 하여금 진중에 암말을 걷우어 천여 필을 얻어 물 이편에서 물을 먹이라 하니 충원이 受命하여 뇌씨의 영대로 하였더니, 두 편 말이 相應하여 소리하다가 대완마 한 필이 물을 건너오니 모든 말이 소리 지르고 건너오매 수고치 아니하여 천여 필 말을 얻었거늘, 경략사와 회은이 뇌씨의 지모를 칭찬하니 뇌씨가 謝辭하고 경략사의 귀에 대어 이르되,

「이는 말만 얻는 꾀가 아니요, 여차여차한 계교가 있나이다.」

경략사가 대희 왈,

「이 계교가 귀신이라도 測量치 못하리라.」

하더라. 명일 뇌씨가 충원을 불러 여차여차하라 하니 충원이 응명하고 물러가거늘, 또 군사 백명을 영하여 昨日 얻어온 말을 적진으로 몰아 보내라 하니 충원이 먼저 말을 몰아 범양성 밖에 가 외쳐 왈,

「우리 상공이 너희 말을 도로 보내어 계시니 문을 열고 말 수를 헤어 받으라.」

하니 성상에서 본즉 과연 저희 말이어늘, 문을 열어 받을새 충원이 말을 낱낱이 세어 들여보내고 가만히 사사명의 帳幕을 찾아 편지를 주고 나오매 이미 일모한지라. 몸을 감추어 幽僻한 곳에 숨었더니 사사명이 의외 편지를 얻어 燭下에 떼어 본즉 씌었으되,

「대왕 병부상서 경략사 종경기는 사장군 麾下에 부치
나니 古人이 운하되,   영위계구연 정무위우회라 하였
으니 장군의 지략 용맹으로 어찌 역적을 도와 天造를
항거하리오. 안경서는 未久에 天殃을 받으리니 기시 옥
석이 구분할지라. 뉘우쳐도 믿지 못할 것이매 일찍 생
각하여 경서의 머리를 베어 돌아오면 일등공신이 되리
니 익히 생각하라.」
하였거늘 사사명이 覽罷에 마음에 주저 미결이러니 明朝
에 수문장이 고하되,

「작야에 어떤 사람이 두루 방을 붙였으되, 장군이 당
진에 投降*하고 내응이 되어 내일 오시에 안경서를 사
로잡을 것이니 성중 백성은 요동치 말라 하였더라.」
하고 榜文을 드리거늘 사사명이 혼비백산하여 어찌할 줄
모르더니, 군사가 보하되 안황제가 장군을 부른다 하거
늘 사명이 일이 급한 줄 알고 精兵 백여 기를 거느리고
갑주를 갖추어 칼을 들고 바로 경서의 궁중으로 들어가
니 경서가 사명을 보고 또한 魂不附體*하여 왈,

「내 본디 장군을 저버림이 없거늘 어찌 卒然히 이렇듯
하나뇨.」
사명이 聽而不聞하고 칼을 들어 경서의 머리를 베니 손
효철과 사조기가 이 擧措*를 보고 칼을 들고 내달아 사
명과 싸우니 성중이 대란한지라.

차시 충원이 숨었다가 성중이 요란함을 듣고 화약 熖
硝를 사면에 던져 衝火하여 화광이 창천하니 경략사가 성
중에 불이 일어남을 보고 회은으로 더불어 대군을 麾動

---

*투항 : 적에게 항복함.
*혼불부체 : 혼비백산.
*거조 : 행동거지(行動擧止).

하여 일시에 성문을 깨치고 들어가니 사명이 당병이 돌입함을 보고 군문 밖으로 나오다가 뇌씨를 만나 교전할새, 뇌씨가 평생 재주를 다하여 날램이 제비 같고 槍法(창법)이 신기하여 梨花(이화)가 狂風(광풍)에 날림과 같아 삼십여 합에 불분승부라. 뇌씨가 약질로 기운이 衰殘(쇠잔)하매 정히 위급하더니 문득 뇌만춘이 궁중으로 나려오며 왈,

「역적은 나의 아이를 해치 말라.」

하고 철퇴로 사명의 등을 치니 사명이 피를 토하고 말에서 떨어지거늘 뇌씨가 군사를 호령하여 결박한지라. 경략사가 사명 잡음을 보고 군을 몰아 餘黨(여당)을 殄滅(진멸)*하고 궁전을 불지르고 사문에 방을 붙여 백성을 안도하게 하고 뇌씨가 그 父叔(부숙)의 虛位(허위)를 배설한 후 군사로 하여금 윤사기, 사사명을 생으로 배를 갈라 간을 내어 祭(제)할새 뇌씨가 통곡하기를 마지 아니하더니, 이에 삼군을 호령하고 안경서, 윤사기, 사사명의 首級(수급)을 함에 넣어 경사로 보낼새, 세 도적의 가속을 轞車(함거)*에 넣고 첩서를 올리고 복고회은은 본부병을 거느려 먼저 돌아가니라.

사자가 주야로 장안에 이르러 승전한 사연을 아뢴데 상이 대회하사 곽자의, 이광필로 하여금 공로를 의논하라 하시니 양인이 아뢰되,

「종경기와 복고회은의 공로가 족히 公侯(공후)를 봉함직하나이다.」

상이 좇으사 종경기로 평북공을 봉하여 북방 백성을 진정한 후 班師(반사)*하라 하고, 복고회은으로 해평후를 봉하고 갈명하의 정숙부인을 홍애에게 옮겨 그 위주 충심을 포

---

*진멸 : 무찔러 모조리 없애 버림.
*함거 : 예전에 죄인을 호송하던 수레.
*반사 : 군사를 이끌고 돌아옴.

장하시고 사당 지어 사시로 제하라 하시니라.

　화설, 선시에 분양왕이 退朝하여 돌아와 분부하되,

「북방이 이미 평정하고 역신을 誅滅하였으니 국가의 만
행이라. 마땅히 궁중에 설연하여 즐기리니 새로 들어
온 여자가 이미 여러 날이 되었으되 내게 見謁치 아니
함이 십분 痛解하나 아직 용서하나니 금일은 風流를 거
느려 대령하라.」

하거늘 시녀 등이 일시에 고왈,

「그 여자가 오던 날로부터 풍류단장은 고사하고 도리
어 食飮을 전폐하여 죽기로 자처하나이다.」

　왕이 노왈,

「그 무슨 緣故이뇨. 빨리 부르라.」

하니 시비 등이 바삐 나와 소저를 보고 차언을 전한되 갈
소저가 즉시 들어가 얼굴을 가리고 돌아서거늘 왕이 문
왈,

「너는 어떤 사람이관데 내 앞에서 예를 베풀지 아니하
나뇨.」

　갈소저가 대왈,

「첩은 천인이 아니오라 부친 御史 太夫 갈태고가 범양
첨판을 하였더니, 도적에게 잡히어 갇히고 첩은 욕이
당두하였기로 동서 流離하옵다가 여차여차 漁父의　속
임을 입어 이곳에 이르렀사오니 왕은 살피소서.」

　왕이 문득 놀라 왈,

「갈태고의 딸 명하란 말을 전에 들은 듯하나 자세히 생
각지 못하리로다.」

　위구 왈,

「수양 우영 뇌장군의 公文을 가지고 낙양에 이르러 대

왕 진중에 들어 보시고 路資(노자) 주어 장안으로 가라 하심을 어찌 잊어 계시니이꼬.」

왕이 그제야 깨달아 왈,

「그대 종경기의 正妻(정처)라 하더니 과연 그러할시 분명하냐.」

소저가 부끄러 대왈,

「일정 그러하여이다.」

왕이 즉시 侍女(시녀)로 하여금 소저를 청하여 당에 올리니 소저가 당에 올라 재배 왈,

「바라건대 대왕은 낙양에서 顧護(고호)*하시던 誠心(성심)을 변치 말으소서.」

하고 눈물이 비 오듯 하거늘 왕이 추연 탄왈,

「그대는 염려 말라. 令大人(영대인)은 지금 낙양 안무사로 가시고 그대 낭군은 하북 경략사로 안경서를 破(파)하고 그 공로로 평북공을 봉하여 하북에 留陣(유진)하여 민심을 진정하라 하여 계시매 아직 班師(반사)치 못하였으니 노부가 마땅히 천자께 아뢰어 낙양으로 보내어 부녀가 相逢(상봉)하고 종한림으로 더불어 舊約(구약)을 완전케 하리라.」

하고 시비를 명하여 別莊(별장)으로 인도하라 한 후 즉시 내당에 들어가 부인께 소저의 전후 首末(수말)을 이르고 부인으로 하여금 饌膳(찬선)을 갖추어 소저 있는 곳에 가 好言(호언)으로 그 마음을 위로하라 하니, 부인이 그 말을 좇아 즉시 盛饌(성찬)을 갖추어 가지고 시녀로 더불어 소저 있는 곳으로 나아가 소저를 보고 그 고초함을 寬慰(관위)하고 饌味(찬미)를 권하니 소저가 이에 예하고 못내 稱謝(칭사)하더라.

翌日(익일) 분양왕이 궐내에 들어가 갈소저의 소유를 아뢰니 상이 그 烈節(열절)을 칭찬 왈,

---

*고호 : 돌보아 줌.

「이 또한 범상치 아니한 일이라. 아직 其父에게 통치
말고 婚具를 짐이 준비하여 주리라.」
하시고 戶部에 傳旨*하사 제구를 盛備하여 범양으로 보내
라 하시며 고력사에게 하교하사 갈소저를 部行*하여 범
양에 가 혼례 지냄을 보고 돌아오라 하시니, 분양왕이 天
意가 款曲*하심을 사은하고 부중에 돌아와 소저더러 성
상 처분을 전하고 일변 채관을 명하여 이 사연으로 書札
을 붙여 하북으로 보내니 채관이 발행하여 黃河水가에 다
다라서는 선주를 불러 배를 대라 한즉 선인 왈,
　「이 배는 어선이니 건너지 못하도다.」
　채관 왈,
　「비록 어선이나 船價를 후히 주리라.」
하니 선인이 그제야 배를 대거늘, 채관이 배에 오르며 본
즉 그 어부가 갈소저를 판 놈이라. 심중에 다행하여 다
시 선중을 살피니 갈소저 유인하던 노고가 있거늘 채관
왈,
　「어부는 장안성 밖에서 고기 팔던 사람이요, 파파는 떡
　팔던 할미러니 어찌 이곳에 왔느뇨.」
　어부가 또한 알아보고 짐짓 답하되,
　「장사가 어디를 못 가리오.」
하며 내심에 헤오되,
　「갈소저 본 적이 綻露하였으면 내게 죄 미치리니 이 채
　관을 물에 밀어 죽이리라.」
하더니 문득 바람이 일어나며 그 배를 엎으니 그 兩人은
죽고 채관은 다행히 돛대를 붙들어 물에 잠기지 아니하

＊전지 : 상벌에 관한 왕지(王旨)를 그 맡은 관에게 전달하는 일.
＊배행 : 웃사람을 모시고 따라 감.
＊관곡 : 매우 정답고 친절함.

되 書簡을 잃었는지라. 다만 입으로 전할 밖에 없다 하고 강변에 뛰어올라 여러 날 만에 범양에 이르러 門吏를 보고 분양궁 채관이 왔음을 통한되 경략사가 불러들여 문왈,

「네 무슨 일로 내려왔는다.」

채관 왈,

「초한이 대왕 서찰을 가지고 오다가 황하수에서 風波를 만나 죽기를 면하였으나 서봉을 마침내 잃었나이다.」

경략사가 그 위태히 지냄을 致慰하고 왈,

「서봉이 없는즉 무슨 일인지 어찌 알리오.」

채관이 갈소저의 분양궁에 오던 사연과 분양왕이 천자께 奏達하던 곡절과 천자가 自當하신 설화와 고력사가 소저를 비행하여 나려온 소유를 낱낱이 이르거늘, 경략사가 자초지종을 들으매 의아하며 煩悶하여 내당에 들어가 뇌씨더러 왈,

「성상이 곽분양의 새로 산 婢子가 재상가 규수라 하여 나와 혼인하려 하신다 하니 그 곡절을 모르노라.」

뇌씨 왈,

「然則 처치를 어찌 하려 하시나뇨.」

경략사 왈,

「나의 정실은 갈소저밖에 없나니, 그대 나와 한가지로 危亂을 지내고 그대 숙부가 나를 구한 은혜 難忘이로되 그대 오히려 하위에 굴하여 甘心*하거늘 하물며 타인을 의논하리오.」

뇌씨 왈,

---

*감심 : 괴로움이나 책망을 달게 여김.

「상공 主義가 비록 그러하시나 이제 천자가 주혼하여 주시는 바를 가장 멸시치 못할지라. 첩이 한 계교가 있으니 規定할 도리가 그밖에 없을까 하나이다.」

경략사가 그 계교를 물은데 뇌씨 왈,

「장안에 저 婚需를 차려 각 읍이 전차하여 오노라 하면 자연 지체되리니 빨리 낙양에 기별하여 갈소저를 뫼셔다가 먼저 성례한 후 천자 賜婚하심이 나중 되면 상소하여 사양하여도 방해롭지 아니하고, 설사 사양하여 얻지 못하나 성례 선후는 마땅히 自別할 것이니 그러하면 인정이 순하여 말이 없으리이다.」

경략사가 그 말이 옳다 하고 슥시 이 사연으로 글월을 닦아 충원를 주며 왈,

「네 주야 倍道하여 낙양의 갈노야께 드리라.」

하니 충원이 受命하고 즉일 발행하여 낙양에 이르러 글월을 드리니라.

차시 갈어사가 이학사로 더불어 주야 詩酒로 단란하더니 경략사의 서간을 보고 놀라 왈,

「성상이 어찌 儀觀事를 살피지 아니하시고 풍속을 傷害하려 하시는고.」

하며 여아는 마침 찾지 못하고 벽주로 정실을 삼음이 불가하나 사세가 급박한지라, 보내어 성례한 후 從次 處變하리라 하고 이학사더러 왈,

「이제 여아를 범양에 보내어 성례코져 하나 소제는 任所를 떠나지 못하매 형이 당초 중매 소임을 사양치 아니하였으니 여아를 데리고 가서 성례함이 어떠하뇨.」

이학사 소왈,

「내 이미 중매 되었으매 이제 범양에 감을 사양하리

오.」

어사가 기뻐하여 이날 행장을 수습하고 漲船 세척을 얻
어 婢僕 추종 오십인으로 호위하여 보내니라.

차설, 벽주사 어사께 하직하고 교자에 올라 강변에 나
아가 배에 오르니 충원이 선인을 재촉하여 주야 行先하
여 십여 일 만에 범양에 득달하니 경략사가 벌써 下處를
정하여 기다리다가 이학사가 배행하여 옴을 듣고 바삐 나
와 맞아 예를 마치고 원로 行役을 칭사하니, 이학사가 경
략사로 말을 自若히 하더니 하리가 보하되,

「사혜감고곤이 흠사하신 미인을 데리고 벌써 이십리를
隔하였나이다.」

경략사가 발을 굴러 왈,

「하루만 더디 오셨던들 내 좋은 일이 있으리까.」
하고 兩眉를 찡그리며 교자에 올라 황하정에 이르러 바
라본즉, 모든 추종이 고력사를 擁衛*하여 오고 후면에 소
감이 龍紋 그린 보자기에 조서를 싸 등에 지고 허다 아
역이 한 寶器와 십여승 교자를 옹위하여 오는지라. 경략
사가 하릴없어 고력사를 맞아 예를 베풀고 조서를 받아
본즉, 대강 吉期를 사후하여 혼사를 일위 그릇함이 없게
하라 하였더라.

경략사가 官驛을 灑掃*하여 소저 하처를 정한 후 연석
을 배설하여 이학사와 고력사를 款接*할새, 한림이 전일
에 고력사로 겸양함이 없더니 이날은 제천사로 왔으매 고
력사로 상좌에 앉히고 학사는 次座에 앉아 巡杯를 기다
리지 아니하고 큰 잔을 가져오라 하여 연하여 수십배를

---

*옹위 : 부축하여 좌우로 호위함.
*쇄소 : 물을 뿌리고 비로 쓰는 일.
*관접 : 관대(款待).

기울이고 비로소 고력사와 수작하니 고력사 왈,

　「학사공이 어찌하여 이에 이르렀나뇨.」

　한림 왈,

　「내 특별히 먼저 와 그대의 중매된 값을 앗으려 하노라.」

　고력사 왈,

　「학사는 웃지 말라. 나는 중매가 아니요, 天使로 왔노
이다.」

　학사 왈,

　「연즉 수이 돌아갈 것이로다. 종경략이 갈어사의 딸로
정실을 삼았거늘, 천자가 명교로 천하를 다스리시니 어
찌 臣者의 糟糠之妻를 버리게 하여 기강을 상케 하시
리오. 이런고로 경략이 조서를 받지 아니하려 하나니
라.」

　어사 왈,

　「학사가 나를 속이는도다. 갈소저는 하나뿐이어늘 성
상이 賜婚하신 부인이 갈소저가 아니라 하니 진실로 알
지 못하리로소이다.」

　학사 왈,

　「그대가 다른 사람은 속이려니와 나를 속이지 못하리라.
혼사하신 미인은 곽부 佳姬어늘 이에 갈소저라 하나뇨.」

　역사 왈,

　「학사가 도리어 모르는도다.」

하고 갈소저의 始終을 이르니 학사 왈,

　「이렇듯 이르는 말이 다 거짓말인가 하노라.」

　역사 왈,

　「곽공이 處事를 자상히 하니 어찌 헛말을 하여 임금을
속이리오. 나는 의심하건대 학사의 말이 虛言인가 하

나이다.」

학사 소왈,

「다른 사람이 보냈으면 내가 의심하려니와 저의 부친이 친히 내게 부탁하여 보냈으니 어이 거짓이리오. 아직 眞假를 분별치 못하리니 오늘은 술이나 먹고 명일 다시 말하리라.」

하니 역사 왈,

「학사가 大醉함은 좋거니와 다시 나로 하여 자못 화를 벗으시리이까.」

학사 왈,

「매양 그러할 바가 아니니 그대는 책망치 말라.」

역사가 웃어 왈,

「금일 좌상이 종용하고 酒肉이 있는고로 昔事를 일컬어 잠깐 흥을 돋움이요, 감히 미온지심이 아니로소이다.」

하고 언파에 歡悅大笑하더라.

이러구러 날이 저물매 고력사는 객관으로 돌아가고 이 학사는 하처로 나아가며 서로 의아하여 진가를 분별치 못하는지라. 경략사가 양인의 말을 들으매 또한 의혹함을 마지 아니하나 자기가 능히 진가를 분간치 못할 바라 來頭를 괴하고 내당에 들어가 뇌씨를 대하여 그 소유를 전하고 어찌 할 줄 모르거늘 뇌씨 왈,

「갈어사가 멀리 있으니 뉘 능히 판단하리오. 첩이 마땅히 내일 정명에 두 곳으로 가 양인의 동정과 기색을 살펴 보리이다.」

경략사가 응낙하고 밤 새기를 기다려 뇌씨가 단장을 빛나게 하고 교자를 타며 靑衣 시녀 십인을 거느리고 두 곳

으로 나아가니라.

　차설, 뇌씨가 두 곳을 다녀 돌아오거늘 경략사가 바삐
문왈,

「그 두 여자를 본즉 진가를 알 도리가 있더냐.」

　뇌씨 왈,

「양인을 살펴보매 그 용모와 動止 방불하고 內的이 相
敵한 듯하여 까마귀 암수를 모름과 같으니 실로 분간
하기 어렵더이다.」

　경략사 왈,

「각각 사람이 어찌 그다지 흡사하리오.」

　뇌씨 왈,

「첩이 먼저 낙양 하처에 가 보니 소저 言대 당초 범양
으로부터 도망하여 오다가 첩의 舍叔의 진에서 공문을
하여 주기로 가지고 천신만고를 지내어 부친 만난　소
유를 설파하고 그 공문을 내어 드리니 경략사가 보고
왈,

「이 분명한 갈소저로다.」

하거늘 뇌씨 왈,

「첩이 또 객사에 가 본즉 그 소저도 범양서 피난하다
가 첩의 사숙 만나던 말과 절에 가 있던 말은 다 같고
어부가 속여 분양궁에 팔렸단 말은 듣지 못하던 말이
라. 憑據*하올 것이 있더이다.」

하고 갈소저의 가졌던 백릉수건 둘을 내어 드리거늘　경
략사가 받아 보고 대경 왈,

「이 수건은 當年 갈소저와 정약할 때 지은 글이니　이
는 의심없는 갈소저로다.」

━━━━━━━━━━
＊빙거 : 어떤 사실을 입증(立證)할 만한 근거.

한데 뇌씨 대소 왈,

「하나가 참이면 하나는 거짓이어늘, 상공은 어찌 둘을 다 참이라 하나니이꼬.」

경략사 왈,

「내 千軍萬馬 중에 출입하여 적장의 머리를 낭중의 取物같이 하되 마음이 태연하더니 이때를 당하여는 실로 정신이 아득한지라. 하늘이 갈씨 여자를 내사 인연을 맺게 하시고 또 어찌 戱 지음이 많게 하신고.」

뇌씨 왈,

「상공은 근심치 말으소서. 내일 잔치를 배설하고도 소저를 한데 모으면 가히 진가를 가리리이다.」

하니 경략사가 옳게 여겨 명일 잔치를 盛備하고 양인을 청할새 경략사 왈,

「내 당년에 갈어사집 후원 錦香亭에서 소저로 더불어 정약하였더니, 이곳에 또한 금향정이 있으니 가장 이상하되 마땅히 설연하여 진가를 판단하리라.」

하고 금향정에 鋪陳*하고 뇌씨가 金鳳冠을 쓰고 담홍 금포를 입고 좌를 정한 후 두 소저를 청하니, 낙양 소저는 시비 이십여 인이 옹위하였으며 머리에 서촉 彩花冠을 쓰고 몸에 玉彩紅 錦裳을 입고 이르렀으니 뇌씨가 맞아 좌를 미처 정치 못하여서 장안 소저가 들어올새 허다 시비가 호위하여 앞에 鳳尾扇*을 세웠으니 이는 천자가 주신 婚禮扇이라. 그 뒤에 작은 교자 하나가 들어오니 벽주가 심중에 고히 여기며 당에 내려 맞을새, 황나산이 앞을 가리었으매 자시 보지 못하고 뇌씨 또한 下堂迎之*하여 눈

---

* 포진 : 어느 잔치 같은 때에 앉을 자리를 마련하여 깖.
* 봉미선 : 의장(儀仗)의 한 가지. 봉황새의 꽁지 모양으로 만든 부채.
* 하당영지 : 반가와 마당으로 내려 와서 맞음.

을 들어본즉 소저가 조양보금관을 쓰고 오색채의 금포를
입었더라. 벽주는 소저를 못 보나 소저는 교자에서 내리
며 堂上(당상)을 우러러 벽주 선 樣(양)을 보고 급히 불러 왈,

　「벽랑이 어찌 아에 있나뇨.」

　벽주가 이 소리를 듣고 놀라 왈,

　「이 아니 명하소저이신가.」

하고 급히 따라 들어 붙들새 위구가 작은 교자에서 벽주
소리를 듣고 급히 불러 왈,

　「벽주가 어찌 이에 왔나뇨.」

하니 벽주가 제 모친 소리 듣고 실성 체읍하는지라.　갈
수저가 벼주이 손을 잡고 땅에 오르니 뇌씨 아무것도 모
르고 다만 맞아 좌정하매, 삼인을 대하여 연고를 묻되 소
저 왈,

　「위낭자는 나의 恩人(은인)이라.」

하고 전후 수말을 일일이 설파하며 종일 즐기다가 夕陽(석양)
때 삼인이 각각 하처로 돌아가고 뇌씨는 아중으로 돌아
와 경략사께 이 말을 전하니, 경략사가 듣고 대회하여 이
학사와 고력사를 대하여 양소저에 대해 전하고 즉시 擇(택)
日(일) 성례할새, 먼저 갈소저를 취하고 다음 벽낭자를 취하고
범양 수사에게 行關(행관)하여 홍애의 무덤을 重修(중수)하고 충렬비
를 세우며 사당을 세워 致祭(치제)한 후, 산동과 하북이 진정
하므로 천자께 上表(상표)하여 반사함을 주한 후 가권을 거느
려 장안으로 돌아와 궐하에 肅拜(숙배)한데, 상이 반기사 벼슬
을 돋우어 자미전 태학사 군국평장사에 평북공을 봉하고
괵국부인의 집을 賜給(사급)하시며 금은 채단을 상사하시니라.

　차시, 갈어사가 낙양에 순수하여 민심을 진복하매　즉
시 상경하여 궐하에 숙배한되 상이 인견하사 반기시며 賜(사)

酒하시고 벼슬을 돋우어 금자광록 태부를 하이시고, 尊
寵하심이 극진하시매 어사 사은하고 물러 본부로 돌아오
니 여아가 벌써 이르러 당당을 灑掃하여 기다리다가 공
을 맞아 소매를 붙들고 실성 체읍하니 공이 또한 여아를
만나매 그 일희일비함이 비힐데 없더라.

　이때 종공이 삼부인으로 同樂하며 부귀를 누릴새,　갈
부인은 二子를 두었으니,　장자의 명은 철이니 본중 奉
祀하게 하고,　차자의 명은 영이니 갈성을 주어 어사의 후
를 잇게 하고, 뇌씨는 일자를 두었으되 명은 무이니 뇌
성을 주어 뇌해청의 후를 잇게 하고, 위씨 일자의 명은
미니 위성을 주어 위맥을 잇게 하고 각각 다 벼슬을 하
여 부귀가 歷歷하더라. 갈어사는 구십 향수하다가 졸하
고 경략사의 부처가 다 遐壽*를 누리다가 별세하니 그 후
자손 등의 설화는 기록치 못하노라.

〈목판본〉

＊하수 : 나이가 많도록 오래 삶.

金 鈴 傳

〔해 설〕 金鈴傳

—— 전기소설 중 가장 흥미로운 작품

  〈금방울전〉이라고도 하며 〈능견난사(能見難思)〉라고도 일
컫는다.
  이와 같은 작품은 중국을 배경으로 설정하여 처음부터 끝
까지 황당무계한 전기소설(傳奇小說)이지만 그 중에서도 가
장 흥미로운 작품이 아닌가 한다.
  상당히 복잡한 내용임에도 불구하고 비교적 정연하게 잘 짜
여져 있으며 금방울 가지가지의 기적에 대해서도 잘 표현되
어 있다. 40여 면의 길지 않은 작품이지만 여러 가지 사건을
그런대로 일관성 있게 엮어 놓았다. 그러나 이 소설 역시 흥
미 이외에는 별로 작품으로서 내놓을 만한 것이 없음이 안타
깝다.
  이 작품은 〈금원전(金圓傳)〉과 플로트를 같이 하는 점도 없
지 않는데, 그것은 〈금원전〉의 주인공 금원이나 이 작품의 주
인공 해룡(海龍)이 다 같이 요귀를 죽이고 공주를 구출해 오
는 부분이다. 이것이 〈금원전〉에서는 주요 플로트로 되어 있
으나 〈금령전〉에서는 삽입 플로트 정도이다. 아마 플로트로
보아 〈금령전〉의 작자가 〈금원전〉을 모방한 것이 아닌가 추
측된다.

금 령 전
金鈴傳

大元 至正末에 張源이라 하는 자 있었는데, 벼슬이 겨우 翰苑에 있더니, 원나라가 망하고 大明이 중흥하매 시절을 염려하여 태안국의 동산에 숨어 있었는데, 하루는 장공이 꿈 하나를 꾸니 藍田山 신령이 말하기를,

「시운이 불리하여 조만간에 큰 화가 있을 것이니 바삐 떠나라.」

하고, 간 데 없더라.

공이 깨어 그 부인에게 몽사를 이르고 부인과 한가지로 옛길을 찾더니, 문득 풍우가 일어나며 紅衣童子가 앞에 나아와 급히 빌기를,

「소자의 목숨이 시각에 달렸사오니 부인은 구하여 주소서.」

하니, 부인이 크게 놀라,

「선동의 급함을 내 어찌 구하리오.」

동자는 발을 구르며,

「소자는 동해 용왕의 세째 아들이더니, 남해 용왕의 부

마가 되어 부부 친영하여 오다가 동해호상에서 남선 진

주 妖怪를 만나 용녀를 앗아가려 하매, 두 내외가 합력

하여 싸우다가 용녀는 기운이 다하여 죽고, 또한 소자

가 어린 연고로 신통술을 부리지 못하고 달아나다가 미

처 水府로 들어 보지 못하고 기력이 핍진하여 달아날 길

이 없사오니, 바라옵건대 부인은 잠깐 입을 벌리시면

소자가 피하겠사오니 부인은 어여삐 여기소서. 후일 은

혜를 갚으리이다.」

하므로, 부인이 하릴없이 입을 벌리니, 용자가 몸을 흔들

어 붉은 기운이 되더니 입으로 들어가더라.

공의 부인이 꿀꺽 삼키고 나니, 천지가 아득하며 광풍

이 크게 일어 기이한 소리가 진동하니, 공의 부부는 급히

돌 틈에 은신하니라.

이윽고 바람이 자며 햇빛이 밝아졌으매, 겨우 길을 걸

어 나오니 이곳은 태안 땅이고 장주 경계더라. 비록 산

이 험하나 인심이 후하고 민가가 부유하고 그 가운데

모사와 절사의 유들이 많으며, 殺身成仁하는 자가 있으

니 백성들이 의지 없는 사람을 붙들어 구할새, 공이 기

지가 단아하고 언사가 온공함을 보고 애중히 여겨 집터

도 빌리고 혹 농업을 分作하며, 자식 있는 사람은 다투

어 수학하기를 원하니, 인하여 생계가 유족하여졌으니,

호칭하기를 山人이라 하였으며, 이즈음 公이 嗣續이 없어

매양 슬퍼하더니, 하루는 꿈 하나를 얻으니 문득 천지가

昏黑하며 구름 속에서 푸른 용이 내려와 玄甲을 벗고 변

하여 선인이 되어 앞에 나와 이르되,

「자식이 급한 것을 구하여 주시니 은혜를 잊을 수 없나

이다. 능히 갚는 바를 알지 못하여 이에 玉帝께 올라

가 怨抑함을 주달코자 하더니, 이 때 마침 옥제 조회
를 받으시고 天上天下에 원억한 일을 처결하실새, 옥
제께 나아가 조알하고 나올 즈음에 문득 보니 짐짓 남
해 용왕의 필녀가 나의 며느리가 되었다가 요괴에게 죽
은 원혼이 옥제께 발원하였더니, 제 원정을 들으시고
애창히 여기사 금세의 미진한 정을 맺으라 하시고 부
부를 보내라 하시매, 내 옥황께 청하고 그대에게 전하
였노라.」

하고, 간 데 없더라.

공이 놀라 깨어 보니 枕上一夢(침상일몽)이더라. 부인을 대하여 몽사를 말하고 暗喜(암희)하였더니, 과연 그 달부터 태기가 있어 십삭이 차매 일개 옥동을 낳으니, 얼굴이 藍田山(남전산)에서 보던 선동과 흡사하더라. 비록 강보의 아이이기는 하지만 용모가 雄偉(웅위)하고 기질이 俊逸(준일)하니, 이름을 海龍(해룡)이라 하였고, 자는 飮泉(음천)이라.

好事多魔(호사다마)는 고금의 常事(상사)라. 이 때 天子(천자)가 명을 하늘에 받으니, 해내가 평안치 못하여 혹은 僞王(위왕)이라 하고 혹은 國王(국왕)이라 하며 남서로 노략하니, 일경이 진동하여 피란하는 자 무수하였는데, 장공이 그 가운데 섞이어 피란할 제 追兵(추병)이 정히 위급한지라. 부부 서로 해룡을 둘러업고 달아나더니 운이 다하매, 부인이 울며 말하기를,

「아기를 보전코자 할진대 우리가 다 죽을 것이니, 상공은 우리 모자를 잠깐 버리시고 피란하셨다가 모자의 해골이나 거두어 주옵소서.」

하매, 장공이 아내의 이 말을 듣고 차마 떠나지 못하여 서로 붙들고 도망하더니, 도적이 점점 가까이 따라오는지라, 처사 부부 울며 罔知所措(망지소조)*하다가 해룡을 버리고 가자 하거늘, 부인이 할 수 없이 길가에 앉히고 달래어 말하기를,

「우리 잠깐 다녀올 것이니, 이 실과를 먹고 앉아 있으라.」

하니, 해룡이 울며 한가지로 가자 하니, 장공이 좋은 말로 달래고 부인을 재촉하여 달아날 때, 한 걸음에 돌아보고 두 걸음에 돌아보며 걸음마다 돌아보니, 해룡이 부모를 부르며 우는 소리를 차마 들을 수가 없었으니, 이 때

----

*망지소조 : 어찌할 바를 모름. 허둥지둥함.

도적이 오다가 해룡을 보고 죽이려 하다가 그 중에 張參^{장 삼}
이란 도적이 말리더라.

　「어린 아이가 부모를 잃고 우는 것을 무슨 죄가 있다고
죽이겠느냐.」

하고, 업고 가다가 내심에 생각하되,

　「내 일찌기 威勢의 핍박 아래 軍伍에 몰입함이 어찌 나
의 본심이리오. 또 이 아이를 보니 후일 반드시 귀히
될 기상이라, 이 때를 타서 달아나리라.」

하고 도망하였는데, 강남 고군으로 달아나니라.

　이 때 장 처사 부부가 도망치다가 도로 도적의 추적이
뜸해졌음을 보고 산에 올라 바리보니 해룡이 이미 없어
졌으매, 사면으로 찾되 종적이 묘연하여 부인은 가슴을
치며 방성통곡하기를,

　「해룡을 아주 잃을 줄 알았더면 무슨 표시라도 했었다
가 훗날 만날 때에 보람이 될 것을, 창졸간에　생각지
못하고 그냥들 도망해 왔으니 어디서 만나 본들 알 수
있으랴.」

하며, 더욱 울어 마지 않더라.

　장 처사는 우는 아내를 위로하면서,

　「아이는 등에 붉은 사마귀 칠성이 있으니 그것으로 信^신
物^물이 될 것이니 부인은 염려 마소서.」

하고, 부부가 서로 슬픔을 머금고 두루 찾아 보았으나 마
침 조장 위세에게 잡히는 바 되어 장하에 들어가니, 원
이 처사의 뛰어난 기상과 웅위한 거취를 보고 아껴 그 결
박을 끄르게 하고 당중에 올라오라 하여 서로 인사를 교
환하니, 지기가 상합하고 언사 또한 온공하므로 원이 즉
시 참모로 하였더니, 참모의 헌책으로 연경 수천리를 얻

으매 이로 인하여 남서의 작은 성지를 갈라 주어 한가히
쉬라 하니, 처사 부부가 노양현으로 가게 되니라.

이곳은 산천이 험준하매 백성이 兵革을 모르는 서촉
의 경계였고, 처사가 도임한 후에 정사가 공평하니, 일
경이 安居樂業하매, 백성이 즐겨하는 소리가 원근에 자
자하더라.

이 때 조계촌에 金三郎이란 사람이 있으니 호협방탕
하고 그의 처 막씨의 얼굴이 곱지 못하므로 조가의 여자
를 맞이하여 집에 돌아오지 아니하고 그곳 백성이 되니,
막씨는 조금도 슬퍼함이 없고 늙은 어미를 지성으로 봉
양할새, 집안이 가난하므로 남의 雇工이 되어 조석을 나
누어 먹더라.

그의 어머니가 우연히 죽으매, 막씨는 주야로 애통하
고 예로써 선산에 안장한 후, 廬幕을 짓고 주야로 수직
하여 삼년을 극진히 마친 후 십여 년을 한결같이 지내니,
천고에 드문 효부더라.

막씨가 초막에서 한 꿈을 얻으니, 몸이 공중에 올라 한
곳에 이르니, 산천이 수려하여 짐짓 아름다운 세계라. 막
씨가 한번 두루 돌아보니 鶴髮老翁이 사방을 응하여 앉
았으니, 막씨 감히 나가지 못하고 주저하더니, 한 동자가
나와 말하기를,

「우리 사부께서 玉帝의 명을 받자와 그대에게 전할 것
　이니, 바삐 나아가 뵈오라.」

하므로, 막씨가 나아가 뵈오니 노옹이 각각 방위를 정하
여 앉았다가 막씨를 보고,

「그대의 大節과 至孝를 옥제께서 아시고 극진히 표창
　하라 하시매, 자식을 점지코자 하였더니 대장부 죽은

지라. 옥제께 이 연유를 주달하였더니, 또 하교하사 그
러면 좋을대로 하라 하시기로 마침 남해 용녀와 동해
용자가 일찌기 橫死하여 옥제께 보수하기를 발원하였
는즉, 옥제가 우리로 하여금 선처하라 하시기로 용자는
마침 좋은 곳이 있어 구처하였으되 용녀의 거처를 정
하지 못하였더니, 이제 그대에게 주나니 십육년 후에 그
얼굴을 보리니, 이제 자세히 보았다가 후일 차등이 없
게 하라.」

하고 공중을 향하여 용녀를 부르니, 이윽고 선녀가 내려
와 앉으매, 막씨가 그를 보니 천고에 드문 여인이더
라.

紅衣 입은 선관이 이르되,

「나는 차지할 것이 없으니 너로 하여금 春夏秋冬을 임
의로 보내게 하리라.」

하고, 소매 안으로부터 오색 명주를 내어 주며,

「십육년 후에 찾을 때가 있을 것이니 도로 보내라.」
하고, 靑衣仙官은 부채를 주며,

「이것을 가지면 천리라도 하루에 가리라.」
하고, 白衣仙官은 紅扇을 주며,

「이것을 가지면 바람과 안개를 부리나니 이후에 찾거
든 전하라.」
하고, 또 黑衣仙官이,

「나는 줄 것이 없으니 힘을 주리라.」

하고 주며 이후에 보내라 하니, 그 선녀가 받아 가지고
막씨를 돌아보며 공중으로 향하고자 하더니, 문득 학의
소리가 나며 黃衣仙官이 내려와 앉으며 말하기를,

「막씨의 포상은 어찌하였으며, 용녀의 보응을 어찌하

고자 하였느뇨.」

선관이 대답하기를,

「여차여차 하였노라.」

그 선관이 눈썹을 찡그리며,

「그리하면 이름 없는 자식이 될 것이요, 효부의 바라는
바 아니라. 여차여차 하였으면 하늘의 뜻을 세상이 알
것이요, 母女之間의 倫紀를 알리라.」
하니, 諸仙이 모두 옳다 하고 각각 彩雲을 타고 흩어지
거늘, 막씨가 놀라 돌아서서 사면을 바라보매 선인의 자
취가 운무 중에 사라지고 萬壑千峯*에 물 흐르는 소리뿐
이라.

무료히 돌아올새 홀연히 깨달았으니 南柯一夢이라. 몽
사를 기록할 때 삼랑이 죽은 줄 알고 虛位를 배설하고
슬퍼함을 마지 아니하더라.

막씨가 하루는 슬픔을 머금고 앉아 있을새 홀연히 一
陣陰風이 일어나며 초막 앞에 한 사람이 서 있거늘, 막씨
가 자세히 보니 그가 곧 삼랑이라, 놀라며 묻기를,

「장부 나를 버리고 간 지가 거의 수십년이라. 간 곳을
몰라 이러하였더니, 신령이 이르기를 난중에 죽었다 하
매 몽사를 이를 것이 아니로되, 내 역력히 들은고로
이에 靈筵*을 배설하였더니, 아지 못게라 살아서 돌아
오시는가. 어찌 이 깊은 밤에 거취가 분명하지 못함은
어쩐 일이니꼬.」

삼랑이 목이 메어 하는 말이,

「내 과연 그대 뜻을 모르고 방탕의 마음을 걷잡지 못

---

*만학 천봉 : 첩첩이 겹쳐진 깊고 큰 골짜기와 수많은 산 봉우리. 천봉만
학.
*영연 : 궤연(几筵). 영좌(靈座).

하여 그릇 그대의 大節^{대절}을 모르고 박대하여 그 죄 天殃^{천앙}
을 받아 과연 난중에 죽으매, 후세에 가도 또한 죄인
이라. 비록 깨달으나 미치지 못하고 귀신의 유에도 참
예치 못하고 음풍이 되어 다니더니, 그대 나를 위하여
영향이 지극하니 어찌 부끄럽지 아니하리오. 비록 유명
이 다르나 그 감격함을 사례코자 하노라.」
하고 생시와 다름없이 수작하고 돌아간 후 자주 왕래하
더니, 그 중에 또한 친밀함이 있어 막씨가 빠른 시일 안에
복통이 일어나매 마치 태상에 아이 노릇을 하며 점점 커지
니, 막씨가 내심으로 괴이히 여겨 행여 남이 알까 근심
하니라. 십삭이 다하여 산기가 완연하여 여마에 엎디이
있었더니, 문득 해복하고 돌아보니 아이는 아니요 금방
울 같은 것이 금광이 찬란하더라.

　막씨는 이것을 보고 크게 놀라며 괴이히 여기고 신통
히 여겨 손으로 누르되 터지지 아니하고 돌에 깨어지지
아니하거늘, 다시 집어다가 멀리 버리고 돌아오니 또 따
라오는지라. 또다시 집어다 연당에 넣으니 물 위에 둥둥
떠다니다가 막씨를 보고 또 따라오는지라. 막씨가 내심으
로 헤아리되,
　「내 팔자가 기구하여 이 같은 괴물을 만나 후일에 반
　드시 큰일이 나리로다.」
하고, 불을 때며 방울을 아궁이에 넣고 있었더니 조금도
기미가 없으매, 막씨는 크게 기뻐하여 아궁이를 닷새 후
에 헤쳐 보니 방울이 상하기는 고사하고 빛이 더욱 생생
하고 향취도 진동하거늘, 막씨는 할 수 없어 두고 보니,
밤이면 품속에서 자고 낮이면 굴러다니며, 혹 내려앉은
새도 잡고 혹은 나무에 올라 실과도 따다가 앞에 놓으

니, 막씨가 자세히 보니 그 속의 실 같은 것으로 온갖
것을 다 묻혀 오거늘, 그 털이 단단하여 무시하지 못할
만하더라.

　이 때 막씨가 추위를 당하매, 방울이 품속에 들면 춥
지 아니하더라. 하루는 막씨가 한데서 방아질을 하여 주
고 저녁에 돌아오매 방울이 굴러 막씨께로 내달아 반기
는 듯하니, 막씨가 추위를 견디지 못하여 방 안으로 들
어가니, 그 안이 덥고 방울이 빛을 내니 밝기가 대낮과
흡사하더라.

　막씨가 기이히 여겨 남이 알까 걱정하여 낮이면 여막
속에 두고 밤이면 품속에서 재우더니, 방울이 점점 자라
매 산에 오르기를 평지같이 하고, 마른 데 진 데 없이
굴러다니되 흙이 몸에 묻지 아니하더라.

　이러구러 자연히 오래되매 더욱 빛이 찬란하고 부드
러워 사람들이 자연히 알고 와서 구경코자 하여 문이 메
어 들어와 집어 보거늘, 혹 남자가 집으려면 땅에 박히고
떨어지지 아니할 뿐만 아니라 그 몸이 마치 불 같아서 손
을 댈 길이 없고, 더우기 신통히 여기어 마침내 집어 보
는 이가 없더라.

　동리에 사는 武孫이라는 사람이 있어 가산이 부유하되
무지한 욕심과 불측한 거동이 인륜에 벗어난 놈이라. 막
씨의 방울을 도적하려고 막씨가 자는 틈을 타서 가만히
방울을 훔쳐서 집에 가지고 돌아가 처자에게 자랑하고 감
추었더니, 그날 밤에 난데없이 불이 나서 온 집안을 둘
렀는데, 무 손이 크게 놀라 미처 옷을 입지 못하고 발가
벗은 채 내다보니, 불꽃이 충천하고 바람은 불을 돕는지
라. 당황하여 어찌할 길 없어서 재물과 세간을 다 재로

만들었다. 무 손의 부처는 실성하여 통곡하며 그 중에서
도 방울을 잊지 못하여 불붙는 곳에서 가재를 헤치고 방
울을 찾더니, 재 속에서 방울이 뛰어 내달아 무 손 처의
치마에 싸이거늘 그것을 집어 내더라. 그날 밤에 또 추
위를 견디지 못해 하니, 무 손이 말하기를,

　「이같이 더운 때에 추워하느뇨.」

　이 방울이 전에는 그리 덥더니 오늘은 차갑기가　얼음
같아서 아무리 떼려 하여도 살에 박힌 듯하여서　떨어지
지 않는다 하거늘, 무 손이 내달아 잡아 떼려고 손을 대
고자 하니, 더욱 불이 성하는 듯하여 손을 대지　못하고
그 처를 꾸짖어 말하기를,

　「방울이 끓는 듯한데 어찌 차다고 하느냐.」

하고 서로 다투거늘, 방울은 참조화를 가졌는지라. 한편
은 차기 얼음 같고 한편은 덥기가 불 같아서 변화가　이
러한 줄을 모르다가　그제야 깨달아 하는 말이,

　「우리 무상하여 하늘이 내신 보물을 모르고 도적하여
　왔더니, 도리어 이 지경을 당하니 누구를 원망하고 누
　구를 탓하리오.」

하고, 막씨에게 가서 빌어 보리라 하고 그날 밤에　막씨
초막에 가니, 이 때 막씨가 방울을 잃고 울며　앉았더니
무 손의 처가 와서 비는 것이더라. 그러나 무 손은 도리
어 원심을 머금고 고을에 들어가 知縣에게 방울의　신통
함을 말하고　또 요기로움을 고하니, 관원을 파견하여 잡
아 오라 했더니, 이윽고 돌아와 고하기를,

　「소인 등이 잡으려고 한즉 이리 미끈 저리 미끈하여 잡
　지 못하고 왔사옵니다.」

하니, 지현이 이로 인하여 막씨를 잡아 오라고 하더라.

　　포졸이 대거하여 막씨를 잡아 오니 그제야 방울이　굴러오는 것이더라. 지현이 자세히 보니 방울이 金光(금광)이 찬란하여 사람을 놀라게 하매, 한편 괴이히 여기고 신기하게도 여겨 나졸로 하여금 철퇴를 가지고 깨치라 명하니, 군사가 힘을 다하여 치는 것이더라. 방울이 땅 속으로 들어가다가 도로 튀어나오는데, 할 수 없어 이번엔 다시 도로 집어다가 돌에다 놓고 도끼로 짓찧으니 방울이 점점 자라 크기가 길이 넘는 것이 되더라. 이에 지현이 크게 노하여 보검을 주며 말하기를,

　　「이 보검은 天下無當(천하무당)인지라. 사람을 베이되 칼날에 피
　　도 묻지 아니하니 이 칼로 베일지니라.」

하니, 군사가 그 명령을 듣고 한번 들어 힘껏 치니,　두 조각으로 나며 서로 부딪쳐 구르고, 그래서 다시금 연거푸 치니 치는 족족 뜰에 가득한 것이 모두 방울뿐이더라. 저마다 크게 놀란 것은 다시 말할 것도 없고, 지현은 더욱 노하여 기름을 끓이고 넣으라 하니, 이에 부하 포졸들이 일제히 들고 일어나 기름 가마에 불을 지펴 방울을 집어 넣으니, 과연 방울이 차차 작아지는 것이더라. 이에 여러 사람이며 장공들이 대단히 기꺼워하였음은 다시 말할 것도 없으며, 방울은 더욱더욱 작아지며 대추씨만하여지더니, 기름 위에 둥둥 떠다니다가 가라앉거늘, 건지려고 나가서 보니 그렇게 끓던 기름이 엉기어 쇠와 같이 되었으매, 지현이 한편 괴이히 여기고 한편 크게 노하여 막씨를 하옥하라 하고 내당에 들어가니, 부인이 바삐 물어 말하기를,

　　「오늘 이 물건을 보니 하늘이 내신 것이라. 막씨를 방
　　면하고 후일을 보심이 좋을까 하나이다.」

지현이 냉소하되,

「요물이 신통하다 하나 어찌 저만한 것을 제어치 못해서 근심하리오.」

부인이 재삼 말하되 곧이 듣지 않고 이날 밤에 자더니, 방울이 가마에 들었다가 밤이 된 후에야 가마를 뚫고 나와 바로 사랑방 아궁이로 들어가니라. 이날 밤에 공이 자다가 크게 소리 지르며 일어나거늘, 부인이 놀라 붙들고 묻되,

「상공은 어찌 이러시나뇨.」

공이 말하되,

「자리가 더웁기 불 같으며 데어 벗어질 듯하다.」

하고, 부인의 자리에 바꾸어 누웠더니 또한 전과 같이 더운지라. 일시도 견딜 길이 없어 외현으로 나오니 방안이 마치 불에 든 것과 같은지라, 또다시 견디지 못하여 밖으로 방황하다가 날이 새니라.

종일 피난하다나 또 저녁밥을 다하매, 그 때는 덥지 아니하고 차기 얼음 같은지라. 인하여 자려고 한즉 또 여전하더라.

이러하기를 삼사일에 미처 먹지도 못하고 자지도 못하여 거의 앓게 되었으매, 그제야 방울의 조화인 줄 알고 가마에 가 보니 가마 밑이 뚫어져서 방울은 간 데 없으매, 즉시 나졸을 명하여 옥중에 가 보고 오라 하였더니 회보하되,

「방울이 옥문 밑을 뚫고 출입하며, 혹 실과도 물고 들어가기로 문틈으로 살펴본즉 오색 채운이 옥중에 둘러 있기로 사람은 볼 길이 없더라.」

하더라.

부인이 이 말을 듣고 방면함을 재차 권고하였는데, 지현이 그제야 깨닫고 즉시 막씨를 방면하니, 그제야 침식이 여전하니라. 또한 막씨의 효행을 듣고 지현 부부가 크게 뉘우쳐 그 초막을 헐고 크게 집을 짓고 또 잡인을 들어가지 못하게 월봉을 두어 막씨의 일생을 편안하게 하더라.

이 때 공이 노양에 온 후로 몸이 편안하나 주야로 해룡을 생각하며 부인과 더불어 슬퍼함을 금치 못하더라. 부인이 이로 인하여 枕席에 위독하여 백약이 무효하매, 공이 주야로 병석을 떠나지 아니하고 약을 맛보아 권하더니, 하루는 장공의 손을 잡고 말하기를,

「내 팔자가 기박하여 한낱 자식을 두었다가 난리 속에서 잃고, 지금까지 명을 보존함을 요행으로 생전에 만나 볼까 하였더니, 십여 년이 지나도록 사생과 존망을 알지 못하고 병이 몸 속에 들어 오늘에 달려 있소이다. 九泉에 돌아가도 눈을 감지 못하겠나이다. 바라건대 상공은 길이 보중하옵시고 혹시 해룡을 상봉하여 영광을 보옵소서.」

하고 이내 숨이 지니, 공이 하늘이 무너진 듯한 슬픔을 느껴 기절하여 쓰러지매, 좌우에서 부축하여 구호하더라.

이 때 홀연히 金光이 찬란한 가운데로 쫓아 방울이 문득 밖에 굴러 들어와 부인의 시체 앞에 앉거늘, 모두 울음을 그치고 보니, 풀잎 같은 것을 물어다가 놓고 가는 것이더라. 모두 괴이하게 여기어 집어 보니 나뭇잎 가운데다가 가늘게 씌었으되, 「報恩草」라 하였으매, 보은초가 무엇인고. 공이 내심으로 헤아려 생각하되,

「막씨가 보은하도다.」

하고, 크게 기뻐하여 부인의 입에 넣으니, 한식경 후에 부인이 몸을 운동하고 돌아눕거늘, 좌우 수족을 주무르니 그제야 숨을 내어 쉬는지라. 공이 기꺼워하여 문병하니라.

부인이 대답하여 말하기를,

「자고 나매 정신이 생생하여졌나이다.」

하더라. 공이 크게 기뻐하여 방울의 수말을 이야기하고 기뻐함을 마지 아니하매, 이후로부터 부인의 병세가 점점 나아지더니, 부인이 하례하고자 하여 친히 막씨가 가져온 방울의 조화로 환생하였던 은혜를 만만치사하고 結義兄弟(결의형제)를 하였더니, 그 후로는 방울이 굴러 부인 앞으로 오거늘, 공의 부부 사랑하여 놓지 아니하니 방울이 아는 듯이 이리 안기며 저리 품기어 영민함이 사람의 뜻대로 하니, 이름을 지어 「金鈴(금령)」이라 하니라.

금령이 밤이면 품속에 들어 자고 낮이면 제 집에 가니 친 骨肉(골육)과 같고, 하루는 금령이 나아가 무엇을 물어다 놓거늘, 공의 부부 괴이히 여겨 보니 한 개의 족자더라. 그 족자에 그렸으되 한 아이가 길가에서 우는데, 사면으로 도적이 쫓아오고 부부 양인은 아이를 버리고 가는고로, 그 아이가 돌아보는 형상이요, 또 가운데의 한 사람이 그 아이를 업고 촌가로 가는 형상이었으매, 이 그림을 보고 눈물을 흘리며 말하기를,

「이는 분명 우리가 해룡을 버리고 떠나온 형상이라.」

하고, 공이 그림을 보고 눈물을 흘리며 슬피 울거늘 부인이 이 말을 듣고 또한 울며 말하기를,

「비록 그러나 어찌 사생을 알리이까.」

사람이 업고 촌 가운데로 들어가는 형상이 생각건댄 아

무나 기르려고 업어 갔나 하거니와, 금령이 신통하여 우리의 슬퍼함을 보고 저 있는 곳을 알게 함이니, 이것 또한 하늘의 뜻이라 생각하고 그 족자를 침상에 걸고 슬퍼하지 않을 때가 없더라.

하루는 금령이 홀연히 간 곳이 없으매, 막씨가 울며 불며 공에게 나와 금방울의 간 곳이 없음을 말하니, 공의 부부가 크게 놀라 또한 슬퍼해 마지 아니하더라.

그것은 그렇다 해놓고, 그 때 太祖高皇帝(태조고황제)가 海內(해내)를 진정시켜 놓으니, 그는 治國(치국)의 聖君(성군)이라. 세금을 감하며 형벌을 감하였으매, 이에 백성이 즐거워하여 격양가를 화답더라.

황후께서 늦게야 따님 한 분을 얻으시니 色德(색덕)이 구비하여 萬古無雙(만고무쌍)이었으며, 점점 자라매 효행이 뛰어나고 아름답기 그지없어 재주와 덕망이 겸비하니라.

세월이 흘러서 열 살이 되매 沈魚落雁(침어낙안)의 용모와 閉月羞花(폐월수화)의 빛깔이 만고에 비길 바 없더라. 임금과 황후가 어루만지시며 주야로 애지중지하시며, 宮號(궁호)를 「金仙公主(금선공주)」라 이름하니라.

이 때가 춘삼월 보름이었고, 황후가 공주와 시녀를 데리시고 월색을 따라 후원에 이르시니, 백화는 만발하고 월색은 뜰에 가득하여 달무리 아래 이슬은 옷에 젖어들고 자는 새들은 다투어 우는 것이더라.

섬섬옥수를 이끌고 금연을 옮겨 서원에 오르사 두루 구경하시니, 홀연 서남간으로 한 떼의 구름이 일며 광풍이 크게 일어 한 개의 괴이한 물건이 입을 벌리고 달려들매 모두 엎어져 기절하니, 이윽고 구름이 걷히면서 하늘이 청명하니라. 겨우 정신을 차려 일어나 보니 공주와 시녀

들이 간 데 없으므로, 대경실색하여 두루 찾으매 혼적이
없더라.

즉시 상께 고하니 상이 또한 크게 놀라 즉시 어림군을
조발하사 궁궐 안을 샅샅이 찾으시니, 종적이 묘연하였
으매 황후가 통곡하여 말하기를,

「이런 일이 천고에 또 있으리오.」

하시고, 식음을 전폐하시고 주야로 애통함을 마지 아니
하시니, 상께서도 또한 어찌할 줄 모르사 이에 榜을 붙
여,

「공주를 찾아 바치는 자 있으면 천하를 반분하고 부귀
영화를 함께하리라.」

하더니라.

그것은 그렇고 장 삼이 해룡을 업고 달아나 여러 날 만
에 고향에 돌아오니, 그의 아내 변씨가 내달아 반기며,

「낭군의 생사를 알지 못하여 주야로 침식이 불편하더
니, 간밤에 꿈 하나를 얻으니 큰 용을 타고 들어오므
로 생각건댄 불행이 있는가 하였더니, 오늘날 살아 다
시 만날 줄 어이 뜻하였으리오.」

하고, 해룡을 가리켜 말하되,

「이 아이를 어디서 얻어 왔느뇨.」

장 삼이 여차여차하여 얻었노라 하니, 변씨가 기꺼워
하는 체하나 심중에 과히 반기는 기색이 없더라.

변씨가 늦도록 자식이 없다가 우연히 태기가 있어 십
삭이 되매 아들을 낳으니 장 삼이 크게 기뻐하여 이름을
小龍이라 하니, 소룡이 점점 자라 칠세가 되매 크기는 하
였으나 어찌 해룡의 늠름한 풍도며 넓은 도량을 따라갈
수 있으리오.

둘이 글을 배우매 해룡은 한 자를 알면 열 자를 깨우치는지라, 열 살 미만에 하나의 문장가가 되더라.

장 삼은 본시 어진 사람인지라 해룡을 친자식같이 사랑하매, 변씨가 매양 시기하여 마지 않으니, 장 삼은 매양 변씨의 어질지 못함을 한할 뿐이더라.

해룡이 점점 자라 열세 살이 되매 그 영매하고 준걸한 모습은 태양이 빛을 잃을 만하며, 현현한 도량은 창해를 뒤치는 듯하고, 맑고 빼어남이 어찌 범용한 아이와 비교하리오.

이 때 변씨의 시기하는 마음이 날로 더하여 백가지로 무해하매, 내치려 하되 장 삼은 듣시 않고 더욱 사랑하여 일시도 떠나지 아니하여 애지중지하니, 이러함으로 해룡은 몸을 보전하여 공순하며 장 삼을 지극히 섬기니, 이웃과 친척들이 칭찬치 않는 이 없더라.

옛날로부터 영웅과 군자가 때를 만나지 못하면 초야에 묻힘이 고금의 常事(상사)라. 장 삼이 홀연히 병을 얻어 백약이 무효하니, 해룡이 지극 지성으로 구호하되 조금도 차도가 없고 점점 날로 더하여 장 삼이 마침내 일어나지 못할 줄 알고 해룡의 손을 잡고 눈물 지으며,

「내 명은 오늘뿐이라, 어찌 천륜지정을 속이리오. 내 너를 난중에 얻으매 기골이 비상하거늘 업고 도망하여 문호를 빛낼까 하였더니, 불행히 죽게 되니 어찌 눈을 감으리오. 어찌 너를 잊으랴. 변씨는 어질지 못하매 나 죽은 후에 반드시 너를 해코자 하거니, 保身之策(보신지책)은 네게 있나니 삼가 조심하라. 또한 장부 사소한 혐의를 두지 아니하나니, 소룡이 비록 不肖(불초)하나 나의 己出(기출)이니, 바라건댄 거두어 주면 내 지하에 돌아갈지라도 여

　한이 없으리라.」
하고, 또 변씨 모자를 불러 앉히고,
　「내 명은 오늘뿐이라. 죽은 후에라도 해룡을 각별히 애
　무하여 소룡과 다름없이 대하라.」
하고, 또 해룡을 가리켜,
　「너는 후일 반드시 귀히 되어 길이 영화를 보리니, 오
　늘의 내 마음을 저버리지 말고 나의 뜻을 기억하
　라.」
하고 말을 마치며 죽으니, 해룡의 애통함은 차마 보지 못
할 지경이더라.

　장례를 갖추어 선산에 안장하고 돌아오니 일신을 의지
할 곳 없는지라, 주야로 애통해 마지 않더니, 이 때 변씨
는 해룡을 박대함이 나날이 더하여 의복과 음식을 제때
에 주지 아니하고, 낮이면 밭갈이와 논매기며 소도 먹이
고 김도 매고 나무도 베어 잠시도 놀리지 아니하고 주야
로 볶으매 한때도 편안한 날이 없더라. 그러나 해룡은 더
욱 恭勤하여 조금도 해태함이 없으매, 자연히 용모가 초
췌하고 주림과 추위를 이기지 못하더라.

　이 때가 한참 추운 엄동설한이라. 변씨는 소룡과 더불
어 더운 방에서 자고 해룡은 방아질만 하라 하니, 해룡이
할 수 없어 밤이 새도록 방아질하니, 홑것만 입은 아이
가 어찌 기한을 견디리오. 추움을 견디지 못하여 자기 방
에 들어가 쉬려 하였으나 설한풍은 들이치고 덮을 것은
없는지라. 몸을 웅숭그려 엎디었더니 홀연히 방 안이 밝
기가 대낮과 같은지라. 여름과 같이 더워 온몸에 땀이
나거늘, 생이 한편 놀라고 한편 괴이히 여겨 즉시　일어

＊공근 : 공순하고 부지런함.

나 자세히 살펴보니, 오히려 동녘이 아직 채 트지 않았
는데 백설이 뜰에 가득하더라.

  방앗간에 나아가 보니 밤에 못다 찧은 것이 다 찧어져
그릇에 담겨 있거늘, 크게 의심하고 괴이히 여기어 방으
로 돌아오니 전과 같이 밝고 더운지라. 아무리 생각하여
도 의심이 없지 못하여 두루 살피니, 침상에 이전에 없
던 북만한 방울 같은 것이 놓였으매, 생이 잡으려 한즉
이리 미끈 달아나고 저리 미끈 달아나니, 요리 구르고 조
리 굴러 잡히지 아니하는지라. 또한 놀라고 신통히 여겨
자세히 보니, 금빛이 방 안에 가득하고 움직일 때마다 향
취가 나는지라. 생이 생각하매 이것이 반드시 부심치 아
니할지라, 내 두고 보리라 하여 잠을 좀 늦도록 자매, 이
때 변씨 모자가 추워 잠을 잘 수 없어 떨며 앉았다가 날
이 밝으매 나아가 보니 積雪이 집을 두루 덮었는데, 한풍
은 얼굴을 깎는 듯하여 사람의 몸을 움직이기가 어려운
지라. 변씨는 생각하되,

「해룡이 얼어 죽었으리라.」

  생각하고 생을 부르니 대답이 없더라. 아마도 죽었나
보다 하고 눈을 헤치고 나와 문틈으로 내다보니 생이 벌
거벗고 누워 잠들어 깨이지 않았거늘, 놀라 깨우려 하다
가 자세히 보니 천상천하에 흰 눈이 가득하되, 오직 해
룡의 방 위에는 일점의 눈이 없고 검은 기운이 연기같이
일어나니 이 어찌된 일이냐.

  이 때 변씨가 크게 놀라 소룡에게 말하기를,

「참 내, 하도 이상하기에 거동을 보자.」

하더니, 해룡이 들어와 변씨에게 문안한 후에 비를 들고
눈을 쓸려 하매, 홀연히 일진광풍이 일어나며 반 시간이

못 되어 눈을 쓸어 버리고 광풍이 그치는 것이었으니, 해룡은 이미 짐작하되 변씨는 더욱 신통히 여기어 마음에 생각하되, 해룡이 분명 요술을 부리어 사람을 속이나니 만약 그대로 두었다가는 큰 화를 입으리라 하고, 아무쪼록 죽여 없앨 의사를 내어 틈을 얻어 해할 묘책을 생각다가 한 계교를 얻고 해룡을 불러 이르기를,

「집안 어른이 돌아가시매, 가산이 점점 탕진하여 형편이 없음을 너도 보아 아는 바라. 우리 집의 田庄(전장)이 구호동에 있으니 요즘에는 虎患(호환) 자주 있어 사람을 상하기로 폐농된 지가 아마 수십년이 된지라. 이제 그 땅을 다 일구면 너를 장가도 들이고 또한 네 덕에 좋이 잘 살면 어찌 아니 기쁘리오마는, 너를 危地(위지)에 보내면 행여 후회 있을까 저어하노라.」

해룡이 흔연히 허락하고 이에 장기를 거두어 가지고 가려 하거늘, 변씨가 짐짓 말리는 체하니 생이 웃고 말하기를,

「인명은 재천이니 어찌 짐승에게 해를 보리오.」

하고 표연히 떠나가니, 변씨가 밖에 나와 말하기를,

「속히 잘 다녀오라.」

하고 당부하더라. 해룡이 대답하고 구호동에 들어가니 사면이 절벽이요, 그 사이에 작은 길이 있는데 초목이 가장 무성하였으매, 동라를 붙들고 들어가니 다만 虎豹豺狼(호표시랑)의 자취뿐이요 인적은 아주 없으니, 해룡이 조금도 두려워하지 아니하고 옷을 벗고 잠깐 쉬려니 날이 서산에 저물고자 하거늘 밭을 두어 이랑 갈새, 홀연히 바람이 일고 모래가 날리며 문득 산상으로부터 갈범이 주홍과 같은 입을 벌리고 달려들매, 해룡이 정신을 진정하여 대항코자

할새, 서편에서 또다시 큰 호랑이가 벽력 같은 소리를 지르면서 달려드는 것이니, 해룡이 정히 위태하더라.

이 때 홀연히 등 뒤로부터 금방울이 내달아 한 번씩 받아들이니 그 범이 소리를 지르고 달아나거늘, 방울이 나는 듯이 연하여 받으니 두 범은 모두 거꾸러지는 것이었으니, 해룡이 달려들어 두 범을 죽이고 본즉, 방울이 번개같이 굴러다니며 한 시각이 되지 못하여 그 넓은 밭을 다 갈더라. 생이 크게 기특히 여기어 금방울에게 무수히 치사하고, 이미 죽은 범을 이끌고 산에서 내려오며 돌아보니 금령이 간 곳이 없더라.

이 때에 변씨는 해룡을 구호통에 보내 놓고,

「제 어찌 살아 돌아오리오.」

하고 들며나며 매우 기뻐하더니, 문득 밖에 소리가 나며 사람들이 요란히 떠드는 소리가 들리므로 변씨가 나가 보니, 생이 큰 범 두 마리를 이끌고 왔던 것이라.

변씨는 크게 놀라,

「네가 무사히 다녀왔구나.」

하고 칭찬하며, 또한 큰 범 잡아 옴을 기꺼워하는 체하며 일찌기 쉬라 하더라. 생이 감사하고 이에 제 방으로 들어가니 방울이 먼저 와서 있더라. 이에 변씨 소룡과 더불어 죽은 범을 가지고 관가에 들어가니 지현이 보고 크게 놀라,

「네 저런 큰 범을 어디서 잡았느뇨.」

변씨가 대답하되,

「마침 호랑이 덫을 놓아 잡아 왔나이다.」

지현이 칭찬하고 즉시 錢文(전문) 스무 관을 내어 상금을 주니 변씨가 받아 가지고 돌아올새, 소룡에게 당부하여 말

하기를,

「행여나 이런 말은 내지 말라.」

하고 빨리 돌아오니, 동녘이 아직 밝지 아니하였더라.

그 때 바로 오능령이란 고개를 넘어오는데 문득 한 떼의 강도들이 내달아 시비곡직 묻지 아니하고 변씨 모자를 잡아다가 나무 끝에다 높이 매달아 놓고 가진 돈이며 의복을 벗겨 가지고 달아나는 것이매, 변씨가 벌거벗고 알몸으로 나무에 매달리어 아무리 벗어나려고 애쓰나 어찌 벗어날 수 있으리오. 이는 변씨의 고약한 심사를 나쁘게 여긴 금방울의 농간으로 이런 횡액을 받으니, 대저 금령의 신기함이 이와 같았느니라.

이 때 생이 잠을 깨어 들어와 보니 변씨와 소룡이 없고 두루 찾아보니 잡아 온 호랑이조차 없어 이에 크게 놀라 두루두루 찾았더라. 길에 왕래하는 사람이 서로 말하되,

「어떤 도적이 사람을 벌거벗겨 나무에 높이 달아매었더라.」

하니, 생이 이 말을 듣고 의아하여 바삐 가서 보니 변씨 모자가 벌거벗고 나무에 높이 매달려 있는지라. 생이 이를 보고 놀라 나무에 올라가 끌어내려 업고 돌아오니, 변씨 모자 어찌 무참치 않으리오마는 무상히 여기니, 이는 생의 액이 당도함이라.

이 때 금령의 神通(신통)이 무량하여 생이 더운 여름철을 당하면 서늘케 하고, 추워하면 덥게 하며 어려운 일이 있으면 없이하여 주니, 생이 마음을 금령에게 붙여 세월을 보내는 것이었는데, 이 때 소룡이 나가 놀다가 살인하고 들어와서 이르거늘, 변씨 크게 놀라 어찌할 줄을 알지 못하더라. 범같이 날랜 포교들이 풍우같이 달려들어 소룡

을 잡아 가려 하니, 변씨가 소룡을 감추고 이에 내달아
생을 가리켜 말하기를,

　「네가 사람을 쳐서 죽이고 모르는 체하여 허물을 어린
　동생에게 미루느뇨.」

하고 발악이 무쌍하더라. 생이 생각하되,

　「내가 내어 주면 소룡이 반드시 죽을 것이니 저는 아깝
　지 아니하나 공의 後嗣가 그칠까 저어하여 차마 어찌
　하리오. 내 죽어 혼이라도 양육하던 은혜를 갚고자 하
　니, 공의 임종시의 유언을 저버리지 아니하리라.」

하고, 이에 내달아 말하기를,

　「살인한 사람은 곧 나이며, 지 소룡은 애배하나.」

하니, 차사 등이 다시 묻지 아니하고 해룡을 잡아다가 관
청의 뜰에 꿇리고 다짐을 두라 하더라. 해룡이 흔연히 다
짐을 두니 이대로 문서를 만들고 큰 칼을 씌워 옥에 집어
넣으니, 온몸에 금광이 둘러싸여 있더라. 지현이 보고
괴이히 여기어 밤에 사람으로 하여금 옥중에 가서 보고
오라 하니, 이윽고 돌아와 보고하되,

　「죄인들이 있는 곳은 어두워 보이지 아니하고 해룡이
　있는 데는 화광과 같은 것이 비치어 밝으므로 자세히
　본즉 해룡이 비록 칼을 쓰고 옥중에 있으나 비단 이불
　을 덮고 자더이다.」

하니, 지현이 이 말을 듣고 신기히 여기어 각별히 살피
더니, 대저 이 고을 법은 살인 죄인을 닷새에 한 번씩 중
형으로 다스리어 가두는 법이라. 그러므로 닷새 만에 모
든 죄인을 내어다가 각각 중형을 더하고 생은 나중에 처
치하려고 하더니, 이 때 지현이 늦게야 아들 하나를 얻었
으매 사랑이 그지없었는데, 그 해에 세 살이더라. 장중의

보옥과 같이 애중하여 손 밖에 내어 놓지 아니하더니, 이
날 마침 지현이 아들을 앞에 앉히우고 매를 치는데, 형장
내려치는 족족 그 아이가 간간이 울며 기절을 하더라.

　지현이 그 거동을 보고 황황하여 형장을 그만 그치라
한즉, 그 아이는 여전히 웃고 노는 것이더라. 지현이 크
게 겁내어 의심하며 생이 쓰던 칼을 아주 벗기며 헐하게
가두어 감히 치지 못하고 두었더라. 이러구러 수삭이 지
났으매 겨울이 되었고, 변씨가 해룡의 조석을 이어 주지
아니하여도 조금도 주려하는 빛이 없으매, 하루는 지현이
그 부인과 더불어 아이를 앞에 누이고 자다가 문득 깨어
보니 아이가 간 데 없더라. 내외는 깜짝 놀라　사방으로
찾았으나 끝내 종적이 없기로　지현과 부인이 창황망조
하여 천지를 부르며 정신 나간 사람같이 되어 방방곡곡
에 사람을 놓아 찾더라. 문득 옥졸이 급히　들어와서　고
하되,

「옥중에서 아이 울음소리가 나니 가장 괴이히 여기옵
　니다.」

하고 말하니, 지현이 이 말을 듣고 크게 놀라　顚之倒之
옥중에 나아가 보니, 자기 아이가 생의　앞에　앉아 울고
있는 것이 아닌가. 지현이 급히 달려가 아이를 안고 돌
아오며 하는 말이,

「妖人 해룡이 극히 흉악무도한 놈이니, 이놈을 묻지 말
　고 쳐죽이라.」

하고 호령이 서릿발과 같더라. 형졸들이 영을 받고 큰 대
를 잡아 힘을 다하여 치되 꿈쩍도 하지 않고 지현의　아
들이 또한 간간이 울며 기절하여 버리는 것이었으니, 이
때에 부인이 지현에게 나아가 이대로 고하니,　지현이 더

욱 놀라고 실색하며 부인이 생을 도로 내리라 하니 그 아이가 여전히 노는 것이므로 지현과 부인이 또한 괴이히 여기더라. 그날 밤에 또 그 아이가 간 데 없는지라, 바로 옥중에 나가 보니 아이 또한 해룡에게 안기어 희롱하며 놀거늘 데려왔더니, 이로부터 아이가 울며 옥중으로 가자 하더라.

아무리 달래어도 보채며 굳이 옥중으로 가자고 조르니 견디지 못하여 시녀로 하여금 옥중으로 데리고 가게 하니, 그 아이가 울음을 그치고 웃으며 해룡에게 안기어 노는 것이 아닌가. 해룡의 곁을 잠시도 떨어지지 아니하는지라. 지현이 한 수(數) 없이 생을 방송하여 아이를 보라 하니, 생이 사례하고 그 날부터 거처할새, 의복과 음식 등을 갖추어 극진히 하더라.

이 때 변씨는 해룡이 代殺*은 고사하고 도리어 아중에 있어 신임한다는 말을 듣고 놀래어 소룡과 더불어 의논하기를,

「해룡이 저렇듯 하였으니, 만일 애매히 대살할 뻔한 내용을 다 지현에게 이르면 반드시 우리가 죽을 일을 당하리라. 이제는 계교를 내어 이러이러하면 후환을 없이하리라.」

하고, 즉시 해룡을 불러 말하기를,

「이제 들은즉 외숙의 병이 극히 위중하여 命在傾刻*이란 기별이 있으니, 마땅히 아니 가지 못할지라. 내 소룡과 더불어 급히 가 볼 것이니, 가지 못하겠거든 집에서 자고 우리를 가게 하라.」

---

*대살 : 살인(殺人)한 사람을 사형(死刑)에 처함. 대명(代命).
*명재 경각 : 금방 숨이 끊어질 지경에 이른 상태를 뜻하는 말. 즉, 거의 죽게 되었음을 이름.

하니, 생이 응낙하고 나와 자는데 홀연히 불이 사면에서 일어나 둘러싸고 화광이 충천하니, 생이 바야흐로 잠이 깊이 들었다가 놀라 급히 뛰어나와 보니 화염이 더욱 거세지며 불꽃이 하늘을 찌르는지라. 난데없는 바람은 불길을 도와 불타는데, 오직 外軒(외헌)은 조금도 불이 범하지 아니하였으매, 생이 앙천하며 탄식하여 말하기를,

「하늘이 어찌 사람을 내시고 이렇듯 곤욕케 하시는고.」

하며, 들어가 벽에다 글을 쓰고 장 삼의 분묘에 나아가 일장통곡하고, 이에 옷을 떨쳐 길을 떠났으나 갈 바를 알지 못하여 남으로 향하여 정처없이 가더라.

차설, 이 때 변씨는 해룡이 반드시 타 죽었으리라 하고 본집 터에 와 본즉, 다만 해룡이 있던 방만이 안 타고 벽상에 글이 있더라. 그 글에 써 있으되,

「하늘이 해룡을 내시매, 命途(명도)가 기구하도다. 난중에 부모를 잃으매 도로에 방황하였도다. 이 집에 인연이 있으매 십여 년이나 양육을 받았도다. 은혜와 정의가 더욱 깊으매 유명이 슬프도다. 은혜를 갚고자 하여 몸을 돌아보지 아니하였도다. 죽을 곳에 보내어 밭을 갈았도다. 두 범을 잡고 살아 돌아옴이여, 기꺼워하지 아니하도다. 殺獄(살옥)에 집어 넣음이여, 나의 액화가 다하지 아니함이라. 불을 놓아 사르매 다행히 죽기를 면하였도다. 이별을 당하매 눈물이 앞을 가리는도다. 허물을 고치매 후일에 다시 만나리로다. 전일을 생각하매 잊을 길이 전혀 없도다.」

하였도다. 보기를 다한 후에 혹시 남이 알까 염려하여 그 글을 즉시 살라 버리고 모자가 집 한 채를 불에 사르고 외헌에서 행랑살이하듯 하며 살더라. 해룡이 홀홀이 집을

떠나가는데 앞에 큰 뫼가 막혔으매, 어디로 향할 줄을
몰라 주저할 즈음에 금령이 굴러갈 길을 인도하더라. 점
점 따라 여러 고개를 넘어갈새 층암절벽 사이에 푸른 잔
디와 암석이 내를 격하여 바라보이매, 생이 바위 위에 앉
아 잠깐 쉬더라.

 이 때 문득 벽력 같은 소리가 진동하며 한 곳에 황금
같은 터럭이 돋친 짐승이 주홍 같은 입을 벌리고 달려 들
어 자기를 해하려고 하므로 생이 급히 피하고자 하더니 금
령이 굴러 내달아 막으니, 그 짐승이 몸을 흔들며 변하
여 아홉 머리를 가진 악귀가 되어 금령을 집어삼키고 들
어가는 것이었으니, 생이 이 거동을 보고 내성하여 낙담
하여 말하기를,

 「이번에는 반드시 금령이 죽었도다.」
하고 탄식하며, 어찌할 줄 모르더니 홀연히 광풍이 일어
나며 공중에서 크게 부르짖기를,

 「금령을 구하지 않고 이리 방황하느뇨. 급히 구하라.」
하고 문득 간 데 없으매, 생이 생각하되,

 「하늘이 가르치시니 부득이 구하려니와, 그러나 빈손
 뿐이요, 몸에는 쇳조각 하나 없으니 어이 대적하리오.
 또 금령이 없으면 내 어찌하여 살아났으리오.」
하고, 정속을 단단히 하고 한번 뛰어 들어가니, 지척을
분별치 못할 지경이더라. 수삼리를 안으로 들어가니 그
래도 아무 종적이 없더라.

 그리하여 힘을 다하여 기어이 들어가니, 홀연히 천지가
밝아지고 해와 달이 고요한데, 두루 살펴보니 청석 돌비
에 금자로 새겼으되, 「남전산 봉래동」이라 하였고, 구름
같은 석교 위에 만장 폭포가 흐르는 소리 세사를 잊어 버

릴 만하고, 그곳을 지나 점점 들어가니 아문을 크게 열고 동중에 구궁폐궐이 하늘과 땅에 닿아 삼광 요내성 외곽이 은은히 뵈이거늘, 자세히 본즉 문 위에 금자로 썼으되, 「금선수부」라 하니라.

원래 금령은 천지개벽 후에 일월정기로 생겨나서 득도하여 신통이 거룩하고 재주가 무쌍한지라. 생이 문 밖에서 주저하여 감히 들어가지 못하더니, 이윽고 안으로부터 여러 계집들이 나오는데, 색태가 아름답고 시골에 묻힌 계집과 판이하거늘, 생이 급히 피할새 몸을 풀 포기에 숨기고 동정을 살피더라. 이윽고 사오명의 계집이 피 묻은 옷을 광우리에 담아 이고 서로 손을 이끌고 나와 시냇가에 이르러 옷을 물에 빨며 근심이 가득하여 서로 말하기를,

「우리 대왕이 전일에는 용력이 절인하고 신통이 거룩하여 당해 낼 자 없더니, 오늘은 나가시더니 홀연 속을 앓고 돌아와 피를 무수히 토하고 기절하니 그런 신통으로도 이런 병을 얻었으니 곧 나으면 좋으려니와 만일 오래 신고하여 낫지 못하면 우리들의 괴로움을 어디에다 비하리오.」

하니, 그 중에 한 여자가 말하기를,

「우리 공주 낭랑이 간밤에 꿈을 얻으니, 하늘에서 한 선관이 내려와 이르되, 「내일 다섯시에 一位秀才가 이곳에 와서 이 악귀를 잡아 없이하고 공주 낭랑을 구하여 돌아갈 터이니 염려 말라」하시고, 또 「이 사람은 다른 수재가 아니라 동해 용왕의 아들로서 그대와 속세 연분이 있으매 이렇게 됨이 또한 天數라. 인력으로 못하나니 천명을 부디 어기지 말고 순순히 따르라」당부

하고 이른 말을 누설치 말라 하시더라. 그러더니 오늘 다섯시가 되도록 소식이 없으니 그런 꿈도 허사가 아닌가 하노라.」

하고, 서로 크게 말을 하며 슬피 탄식하고 눈물을 흘리며 말하기를,

「우리도 언제나 이곳을 벗어나 고국에 돌아가 부모님을 만나 뵈오리오. 우리는 팔자가 기박해 이처럼 공주 낭랑과 같이 하니, 이도 또한 팔자에 매인 天數(천수)인가.」

하거늘, 생이 이 말을 듣고 즉시 풀 포기를 헤치고 부지불식간에 내다르사, 그 계집들이 놀라 달아나려 하니 생이 나아가 인유하며,

「그대들은 놀라지 말라. 내 여기 들어옴이 다른 일이 아니라 악귀를 없애고자 들어왔으니 아무 의심을 두지 말고 그 악귀 있는 곳을 자세히 가리키라.」

하니, 그 계집들이 이 말을 듣고 공주 낭랑의 夢事(몽사)를 생각하매 신기하기 그지없는지라, 여러 계집들이 나아가 울며 말하기를,

「그대 덕분에 우리들을 살려 내어 공주 낭랑과 모두 살아나서 각각 고향으로 돌아가게 되면 어찌 이런 덕택이 있겠나이까.」

하고 생을 인도하여 들어가니, 중문은 첩첩하고 전각은 의의하여 반공에 솟았는데, 몸을 숨기어 가만히 들어가니 한 곳에 흉악하게 신음하고 앓는 소리에 전각이 움직일 듯하니라. 생이 뛰어올라가 보니 그 짐승이 전각에 누워 앓다가 문득 사람을 보고 일어나려 하다가 도로 자빠지며 배를 움키고 온몸을 뒤틀어 움직이지 못하고 입

으로 피를 무수히 토하고 거꾸러지더라.

생이 이 형상을 보고 하수코자 하나 빈 손으로 몸에 촌철이 없어 할 수 없이 방황하는데, 그 때 한 미인이 칠보홍군으로 몸도 가볍게 걸어오며, 벽상에 걸린 寶劍을 가져다가 급히 생에게 주는 것이매, 생이 즉시 그 보검을 받아 들고 달려들어 그 요귀의 가슴을 무수히 찌르고 보니, 금터럭 돋친 염이 부르돋고 그 짐승은 여러 천년을 산중에 있어 得道하였기로 사람의 형용을 쓰고 변화무쌍한 조화를 부리던 터이라. 이에 가슴을 헤치고 본즉 문득 금령이 굴러 나오니, 생이 보고 크게 반기며 소리를 질러 말하기를,

「너희 수십명이 필경 다 요귀로 변하여 사람을 속임이 아니냐.」

하니, 모든 여자가 일시에 꿇어앉아,

「우리들은 하나도 요괴가 아니요, 우리 팔자가 기구하여 그릇 이놈의 요괴에게 잡히어 와서 험악한 욕을 보고 수하에 있어 사환이 되어 이처럼 부지하여 죽도 살도 못 하고 어느 때를 만나야 다시 세상을 볼꼬 하여, 이곳에 어찌할 수 없이 억류되어 있는 급한 목숨들이로소이다. 아까 공자께 보검을 드리던 분이 곧 천자의 외따님이며, 금선 공주 낭랑이로소이다.」

이 말이 채 끝나기도 전에 한 사람의 미인이 나와 채의 홍상을 끌고 옥 같은 얼굴을 가리우고 외면하여 섰으니, 이는 다름아니라 금선 공주더라. 수색을 띠고 사례하여 말하기를,

「나는 과연 공주였더니, 수년 전에 모후 낭랑을 모시고 후원에 올라 달 구경하다가 이 요괴에게 잡히어 와

서 지금까지 죽지 못하고 살아 있음은 시비들이 주야
로 수직하여 있는고로 욕을 참고 부지하여 살아 있다가
마침 천행으로 그대의 구하여 주심을 입어 다시 고궁
에 돌아가 부왕과 모후를 만나 뵈옵게 하오니 이 은혜
는 각골난망이라 무엇으로 갚사오리까. 이제는 금시 죽
어도 한이 없사옵니다.」
하고 소매로 낯을 가리고 목이 메어 흐느끼는 것이었으
니, 생이 그의 자초지종 이야기를 다 듣고 슬픔을 이기
지 못하여 말하기를,
　「이제 공주 모시고 나아가고 싶은 마음은 시각이 바쁘
　오나 길이 험하여 발정하기 어려울 것이니, 내 이제 잠
　깐 나아가 北縣에 고하고 위의를 갖추어 공주를 모시
　게 하올 것이니 잠깐만 기다리시옵소서.」
하더라.
　공주가 울며 말하기를,
　「그대 간 후에 또 무슨 변괴가 있을는지 알 수 없사오
　니 제발 데려가 주소서.」
하며 함께 가기를 애걸하니, 생이 위로하여 말하기를,
　「저 금방울이 천지조화로 되었으매 재주가 무궁하고 신
　통이 기이하기로 정히 요괴를 잡고 공주를 구하여 고
　국에 돌아가게 하였음이 다 금령의 조화로 됨이요, 아
　무리 어려운 일이 있을지라도 가히 구하리니 아무 염려
　마시고 잠깐만 기다리시옵소서.」
하고, 즉시 문 밖에 내달아 바로 남경을 향하여 들어갈
새 십자로에서 여러 사람들이 방 붙인 것을 보고 있더라.
　생이 괴이히 여기어 가서 자세히 보니 그 榜文에 하였
으되,

「황제가 이제 천하에 반포하나니 짐이 무덕하여 일찌기 아들이 없고 다만 일위 공주를 슬하에 두고 장중보옥같이 사랑하더니, 모월 모일 모야에 난데없는 몹쓸 요괴가 와서 잡아 갔나니, 만일 공주를 찾아 바치는 자가 있다면 강산을 나누어 부귀를 한가지로 하고 여년을 동거하리라.」

하였더라. 생이 읽기를 다하고 즉시 방을 떼니, 방 붙이던 관원이 괴이하게 여겨 놀라 생을 잡고 방 뗀 곡절을 묻거늘 생이 이르되,

「이곳은 번화한 곳이라 말할 곳이 못 되노라.」

하고, 이에 관원을 데리고 상관에 들어가 여차여차한 사연을 고하니, 그 관원이 크게 기뻐하여 생을 상좌에 올려 앉히우고 하례하여 말하기를,

「이러한 일은 천고에 드물도다.」

하더라. 생이 또한 전후사를 다 고하고 위의를 갖추어 바삐 감을 청하니, 그 사람이 생으로 더불어 한가지로 남산을 바라보고 관군과 將士(장사)를 거느리고 나아가는 것이매, 이 때 생이 나올 때 무심히 골 밖에 나왔더니 만첩청산에 들어갈 길을 몰라 정히 방황하다가 홀연히 보니 금령이 앞에 서서 길을 인도하거늘, 刺史(자사)가 금령의 모양과 거동을 보고 신기히 여기어 따라 골짜기로 점점 들어가게 되더라. 이 때 금선 공주는 생을 골 밖에 내어보내고 하늘에 축수하기를,

「공자 무사히 돌아와 우리와 더불어 환국하게 하소서.」

하고 정히 기다리더니, 문득 금령이 굴러오며 그 뒤를 바라보니 천병만마가 들어오는지라. 공주가 이를 보고 크

게 기꺼워하여 잠깐 시녀를 옹위하여 멀리 바라보더니
刺史 들어와 공주께 복지하며 자사가 이에 몹쓸 요괴의
괴로움을 겪으시던 환난을 문후하고 말하기를,

「신이 이런 신고를 당하시게 하오매 다 신의 불민불충
이로소이다.」

하고, 시녀로 하여금 공주를 모셔 교자에 앉히시게 하고
시녀로 옹위하여 나아갈새, 모든 여자들도 또한 공주를
모시고 한가지로 洞中에 있어 그
곳에 불을 지르고 모두 없이한 후에 금령을 데리고 골
밖으로 나오니, 자사와 추종하던 군사들이 대후하였다가
생을 보고 칭찬하며 즐기는 소리 산천을 울리더라. 이 때
공주 낭랑을 모셔 별당에 머무르게 하고 객사 정결한 곳
에 잔치를 배설하고 즐기며, 일변 이 사연을 천자께 주
문하고 공주와 해룡을 공궤할새, 각처에 공궤지절이 성
만하여 받아들인 것이 이루 헤아리지 못할 지경이더라.
이 때 공주는 금령을 차마 손에 놓지 아니하고는 주야로
안고 길을 재촉하사 경성으로 올라올새, 이십여 명의여인
들도 함께 따라오더라.

  이 때 천자와 황후는 밤 사이에 공주를 잃으시고 주야
로 서러워하사 침식을 전폐하고 번뇌하시며 궁금에 쌓
여 만사에 경황이 없이 정사를 전혀 잊으시고 노심함을
마지 아니하시더니, 이 기별을 들으시고 도리어 반신반의
하사 능히 말을 못 하시다가 마침 刺史의 表文을 보시
고 환천희지하실새, 만조백관이 궐문 밖에 나와 진하함
을 청하니 궁내며 궁외와 장안 백성의 환성이 물끓듯 하
는지라. 상이 치하를 받으신 후 희색이 만면하시어 한편
청주 자사에게 표문을 반포하시고, 한편 鐵騎 삼천을 조

발하여 공주를 보호하라 하시며 친히 가시어 영접하려 하실새, 해룡의 공로는 일세에 드문 바라. 일시가 바쁘시어 이에 御筆로 쓰시되, 장군을 제수하사 공주를 배행하라 하셨더라.

생이 올라오다가 노상에서 천자의 조서를 받자와 북향 사배하고 이에 말에 앉아 장군 인수를 허리 아래 비껴차고 각읍 수령 등을 거느려 행차하여 오니, 위의와 범절이 빛나고 거룩하여 稱譽치 않는 이 없더라.

주야로 배도하여 황성에 이르니 성상이 만조를 거느리고 성 밖에 나와 맞아 환궁하실새, 성외 성내 백성들이 길에 가득하여 만세를 부르며 상하 백성이 용약하여 환성이 원근에 진동하더라. 바로 대전에 들으시니, 이 때 황후는 공주가 돌아옴을 들으시고 슬픔을 억제하지 못하다가 크게 기꺼워하시며, 한편 공주를 안으시고 낯을 대하사 통곡하시며, 또한 상께서도 우시는데 공주는 울기를 그치시고 요괴에게 잡혀 가서 고초를 무수히 겪던 말이며, 몽중에 신선이 내려와서 이르시되,

「동해 용왕의 아들이 사람으로 났으니 속세의 연분을 이루라.」

하고, 금일 다섯시에 이곳에 들어와 요괴를 잡고 같이 나아가 부왕과 모후를 반기리라 하던 말이 귀에 쟁쟁하며, 또한 천지조화로 된 금령의 신통함이 기이하여 재주와 수단을 부리고 해룡이 요괴를 잡던 정경을 낱낱이 고하니, 천자는 금령을 어루만지며 말하기를,

「하늘이 너 같은 영물을 내사 신통이 거룩하고 재주가 비상하여 또한 요괴를 잡고 공주와 시녀를 구하여 인간에 몹쓸 짐승을 없이하고 짐으로 하여금 잃었던 공

주를 다시 만나 천륜이 온전케 하니, 이는 다 너의 덕택
이라. 이와 같은 후은을 무엇으로 갚으리오.」
하시고, 皇極殿(황극전)에 전좌하사 문무백관과 종친외척이며 근
시하는 모든 시녀를 다 모시고, 한편 해룡을 명초하시니
생이 들어와 고두백배 사은하니, 상께서 보시매 용모 당
당하고 위의가 늠름하여 만고의 영웅준걸이요, 일세의 호
걸장부였으므로 천자께서 한번 보시매 기뻐하사 생의 손
을 잡으시고 말씀하시기를,
　「경의 공을 논할진댄 태산이 낮고 강과 바다가 얕은지
　라, 그 갚을 바를 알지 못하노라.」
하시고, 또한 공주이 몽사를 말씀하시며,
　「몽사를 의논할진대 이는 공주와 천정배필이라. 경은
　공주를 싫다 말고 공주 비록 덕이 없으나 족히 巾櫛(건즐)을
　받들 것이니 경은 그리 알라.」
하시고 부마를 삼고자 하실새 禮部(예부)에 명하여 택일하라 하
시고 조서를 내리어 하교하시며, 한편 청화문 밖에 별궁
을 지으시고 화원을 빌며, 한편 예부로 하여금 혼구를 갖
추어 차리라 하시더라. 생이 天恩(천은)을 입사와 사은후 물러
나와 군을 총독할새, 군기와 군법을 가르치고 연습하며
주야에 게으른 마음을 먹지 아니하고 국사를 극진히 살피
더니, 어언간 吉日(길일)이 다다른지라. 위의를 갖추어 궐내에
들어가 공주를 맞을새, 삼천 시녀가 공주를 옹위하여 금령
을 시립하고 별궁으로 따라올새, 향촉을 피우고 부마는
금안장 준마에 금환관 옥홀을 손에 쥐고 위의를 갖추어
큰길로 돌아오니, 풍채가 늠름하여 당세의 기남아요 국가
의 동량이라. 도로에서 이를 구경하는 이 칭찬치 않는 이
가 없더라. 공주와 부마가 마상에 올라 대좌하매 공주의

色態 艶麗함이 일광에 비치어 꽃이 부끄러워할 만하고, 월색은 빛을 잃어 어디 한 곳 곱지 않은 곳이 없고, 부마의 영월 같은 천성에 江山秀氣를 품었으니 일대영웅이요, 국가의 희한한 귀공이라 만조백관이 뉘 아니 칭찬하리오.

상이 황후와 더불어 별궁으로 돌아오시니 부마와 공주가 내려와 맞아 臺에 오르실새, 부마는 천자를 모시고 공주는 황후를 모시고 시좌하였으니, 향연이 애애하고 패옥은 쟁쟁하여 위의가 엄연하고 화기가 애연하더라. 다음 날 큰 잔치를 베풀고 만조제신과 더불어 황극전에서 즐기시고, 궁중에서는 황후 낭랑이 제대신의 부인들과 더불어 내전에서 즐기시더라. 공주가 교착하시어 진환하는 천상 천하에 수륙진찬이 갖추지 아니한 것이 없으며, 만국의 부인들이 앉았으니 광채가 찬란하여 일색에 비치는지라. 이 때 해룡은 이와 같은 국은을 입고 귀히 되었음을 생각하고 부모를 생각하여 영화를 뵈일 곳이 없어 정사를 전혀 다 잊고 공주와 더불어 화락하고 낮이면 천자를 모시고 국사를 다스리매, 주야에 잊지 못하고 몸을 다하여 임군 섬기기를 다하더라. 공주가 상께 주달하여 전일 요괴에게 잡히어 갔던 여자들을 각각 천금을·주어 제집으로 보내게 하시니, 모두 공주의 덕을 일컫지 않는 자가 없더라.

이 때 북방의 匈奴 천달이 대원을 회복코자 하여 대병 백만과 날랜 장사 천여 명을 거느리고 호 각으로 선봉을 삼고 설 만춘으로 구응사를 삼아 황하를 건너 물밀듯이 나오니, 온 백성들이 어찌할 줄 몰라하더라.

이 때 천달의 대군이 이르는 곳에 군현이 望風歸順하여 수일내에 삼십오군을 얻고 장구대진하여 물 들어오듯 하

니, 북방의 열읍이 진동대란하는지라. 상이 이 기별을 들
으시고 대경하사 만조문무를 모으시고 의논하실새, 문무
백관 중에 한 사람도 응답하는 자 없거늘 상이 탄식하시
니, 문득 반무중으로부터 한 사람이 일어나 말하되,

　「신이 나이 어리고 재주 없으나 원컨대 군사를 주시면
　북노를 쓸어 버리고 성은의 만분지일이라도 갚고자 하
　옵니다.」

하매, 그를 보니 그는 다른 사람 아닌 부마도위 장 해룡
이더라. 상이 들으시고 한참 만에,

　「짐이 경의 재주와 지략을 알거니와 전장은 死地(사지)라, 흉
　지에 보내고 짐의 마음이 어찌 편하리오. 황후와 낭랑
　이 즐겨 허락치 아니하리라.」

하니, 부마가 부복하여 여쭈오되,

　「신이 듣자오니 국난을 당하와 어찌 편히 있으오리까.
　처자를 괘념하여 국사대사를 그릇하오리까.」

하며, 기위가 정정하고 사기가 씩씩한지라. 상이 또한 그
뜻을 막지 못하고 즉시 허락하사 鎭北大將軍(진북대장군) 水軍都督(수군도독)을
제수하시고, 백모 황월과 상방검을 주시어 軍威(군위)를　돕게
하시니, 원수가 명을 받고 물러나와 장졸을 분배하고 호
령이 엄숙하고 위의가 정제하여 옛날 주아부의 법이　재
생한 듯하더라. 황후가 사연을 들으시고 대경하사　원수
를 불러 만류하려 하시니, 벌써 발행 겸임한지라, 할 수
없이 말하기를,

　「수이 북노를 섬멸하고 대공을 세워 개가를 불러 돌아
　와 주상과 나의 마음을 저버리지 말라.」

하시니, 원수가 땅에 엎드려 좋은 말로 황후와 낭랑　공
주를 위로하고 떠날 때에 상이 만조를 거느리시고　친히

전송하시며 원수의 손을 잡으시고 연연해 하시기를,

「접경 밖은 경이 제지하고 접경 안은 짐이 제지할 것
이니 영을 어기는 자는 先斬後啓하라.」

하시고, 날이 늦으매 환궁하시니 원수가 대병을 휘몰아
서 호호탕탕히 나아갈새, 깃발과 창칼이 일월을 가리우고
벽력 같은 함성이 산천을 움직이는 곳에 한 사람의 소년
대장이 봉신투구에 황금색 갑옷을 입고 우수에 상방검을
들고 좌수에 백우선을 쥐고 천리준마를 탔으니, 사람은
천신 같고 말은 비룡 같으며 군용이 정제하고 위의가 엄
숙하여 일대 영웅이요 만고 기남자라. 호호탕탕히 나아
가니 보는 자 칭찬치 않는 이가 없더라. 이 때 호 각이
군사를 거느리고 남창에 다다라 원수의 대군을 만나매,
향령 아래 대진할새 호 각이 오색신우를 몰아 전진에 서
니 허리는 열 아름이요, 얼굴은 수레 바퀴 같고 머리칼
이 누르러 검은 얼굴을 덮었으며, 손에 장창을 들고 내
달으니 좌에는 설 만춘이요 우에는 호 달이었다. 각각 신
장이 구척이요, 얼굴이 흉악하고 형용은 괴이하더라. 이
때 진중으로부터 일원 대장이 나서니, 얼굴은 관운장 같
고 곰의 등에 이리의 허리요 잔나비의 팔이더라.

위풍이 늠름하고 위의가 정제하여 당당한 풍도는 사람
을 놀래고 헌헌한 위엄은 북해를 뒤침과 같았으며, 호각
이 한 번 바라보고 대호하여 말하기를,

「口尙乳臭 어린 아이가 천지를 모르고 망령되이 전지에
나와 어른을 수욕코자 하니, 네 어찌 칼 아래 놀랜 혼
백이 되려 하는고.」

원수가 대로하여 좌우를 돌아보고 말하기를,

「뉘 나를 위하여 능히 나아가 저 도적을 잡아 근심을

덜게 하리오.」

말이 채 끝나기 전에 한 장수가 내달으니 이 양춘이더
라. 칼을 춤추며 나아가 바로 호 각을 맞으니, 호진중
에 설 만춘이 거짓 패하여 달아나거늘, 양춘이 승승장구
하여 나가며 크게 꾸짖기를,

「적은 닫지 말고 내 칼을 받으라.」

하더니, 만춘이 가만히 활을 쏘매 양춘이 무심중 살을 왼
편 어깨에 맞아 말에서 떨어지니, 원진으로부터 장 만이
내달아 양춘을 구하여 돌아가니, 또한 만춘이 말을 돌리
어 따르거늘 장 만이 크게 노하여 말을 비끼고 만춘을 맞
아 싸워 십여 합에 승부가 나지 않더라. 또다시 호 달이
나와 좌우를 깨치며 승승하여 들어오니, 장 만이 패하여
닫는지라. 원수는 장 만이 패함을 보고 징을 쳐 군사 거
두고 양춘을 조리하라 하니, 호 각이 명일에 싸우자 하고
욕설을 무수히 하며 좌우 치빙하거늘, 원수가 크게 노하
여 창을 잡고 말을 달려 호 각을 맞아 싸워 백여 합에 이
르도록 승부를 미결하더라. 양진의 군사가 물끓듯 하여 行
伍를 차리지 못하니, 양장의 정신이 더욱 씩씩하여 서로
떠날 줄 모르더니, 문득 호진중으로부터 징을 치니 호
각이 본진에 돌아와 여러 장수들에게 말하기를,

「내 적장이 나이 어리매 업수이 여겼더니, 이제 보니
그 용력을 당하기 어려운지라, 마땅히 계교를 써서 잡
으리라.」

하고, 진문을 굳게 닫고 기치를 뉘며 검극을 거두더라.
원수가 또다시 내달아 싸움을 돋우니 적장 호 각이 진문
을 크게 열어젖뜨리고 크게 꾸짖어,

「오늘은 너와 자웅을 결하려니와, 만약 내 너를 잡지

　　못하면 죽기를 면치 못하리라.」

하고 달려들더라. 원수는 크게 노하여 호 각을 맞아 싸워 오십여 합에 승부를 결하지 못하였더니, 문득 호 각이 말을 돌려 본진으로 가지 아니하고 산곡으로 가거늘, 원수가 급히 따르다가 생각하되,

　「저희 비록 奸計(간계)가 있는 모양이나 내 어찌 저를 두려 워하리오.」

하고 바삐 쫓아 양산곡중으로 들어 사로잡고자 할 즈음에 호 각은 보이지 않고 허수아비가 무수히 섰거늘, 원수가 크게 의심하여 말을 돌이키고자 하였더니, 홀연히 일성포성에 이어 두 편 언덕으로부터 불이 일어나 화광이 하늘에 맞닿고, 그런 무수한 허수아비가 다 화약을 싸서 세운 것이 많으니 나아갈 길이 없는지라. 원수는 하늘을 바라보며 탄식하기를,

　「내 도적을 업수이 여기어 이곳까지 왔다가 오늘 여기 와서 죽을 줄을 어찌 뜻하였으리오.」

하고 칼을 빼어 자결하고자 하니라. 이 때 문득 서남간으로부터 금빛이 떠오르며 금령이 화광을 무릅쓰고 원수 앞에서 찬바람을 일으키니 충천하던 불꽃이 원수의 앞에는 일지 아니하고 다른 곳으로 몰려가더라. 원수가 금령을 보고 반가움을 이기지 못하여 손으로 어루만지며 말하기를,

　「너의 厚恩(후은)을 생각할 양이면 태산이 가볍고 강과 바다가 얕은지라, 어찌 다 갚으리오.」

하며 못내 기쁘고 즐거움을 마지 아니하더라. 문득 생각에 불기운이 스러지고 길이 열리는지라, 원수가 크게 기뻐하여 금령을 데리고 길을 찾아 본진으로 돌아오매, 제

장 병졸이 황황망조하여 어찌할 줄 모르더니, 천만 뜻밖
에 원수가 돌아옴을 보고 한편 놀라고 한편 신기히 여기
어 용약하며 환성이 천지를 진동하더라. 이에 원수가 본
진 장대에 앉아 제장 군졸을 불러 말하기를,

　「호 각이 반드시 우리 진을 칠 것이니 이제 우리는 계
　　교 위에 계교를 쓰리라.」
하고, 다시 제장을 불러 귀에 대어 일러 말하기를,
　「제군은 여차여차히 하여 약속을 잊지 말라.」
하고 분부하기를 정한 후에 원수가 가만히 진을 다른 데
로 옮기었으니, 이 때 호 각이 원수를 유인하여 산곡 중
에 에워 놓고 본진으로 돌아와 세상을 불러 말하기를,

　「장 해룡이 비록 하늘로 솟고 땅으로 숨는 재주가 있
　　다 하나 어찌 오늘의 불길을 벗어나며 어찌 죽기를 면
　　하리오. 오늘 밤에 가히 원진을 치리라.」
하고, 이날 밤에 호 각이 군을 거느리고 가만히 원진으
로 들어가니, 진중에 사람은 하나도 없고 빈 채만 남았
는지라. 호 각이 깜짝 놀라 급히 군사를 돌이키고자 하
니, 문득 한 발 포성이 터지며 한 장수가 길을 막으며 칼
을 들어 꾸짖으며 말하기를,

　「적장 호 각은 나를 아느냐.」
　호 각이 황망한 중에 얼핏 보니 장 원수라. 호 각이 대
경실색하며 미처 손을 놀리지 못하고 원수의 칼이 빛나
는 곳에 호 각의 머리가 말 아래에 떨어지는 것이었고, 만
춘과 호 달 등 여러 장수들이 호 각의 죽음을 보고 혼백
이 비산하여 어찌할 줄을 모르다가 본진을 바라보고 달
아나 본채에 이르러 보니, 원진에서 기치를 세우고 장만
이 내달아 한 창에 호 달을 찔러 죽이고, 설 만춘은 달

아나다가 양춘을 만나 일합에 죽은 바 되고 기타 제장과 군졸을 다 무찔러 죽이고 돌아오게 되더라.

원수는 크게 기뻐 큰 잔치를 베풀고 삼군에게 주효를 내어 위로하고 상을 준 후 개선할새, 지나는 바 郡縣^{군 현}이 놀라서 항복하고 극진히 맞이하여 보내니, 수선스럽고 못내 바쁘더라.

이 때 상이 부마를 전장에 보내고 주야로 염려하사 침식이 불안하시더니, 문득 원수의 捷書^{첩 서}를 보시고 크게 기뻐하시어 급히 떼어 보시고 희색이 만면하여 말씀하시기를,

「나이 어린 대장이 이같이 크게 이기었으니 실로 천하
 의 명장이로다.」

하시고 조정의 치하를 받으시니, 조야에 환성이 진동하므로 상이 사관을 보내어 원수의 행차를 위로하시고 곧 군사를 이끌고 돌아오기를 재촉하더라. 원수의 일행이 여러 날 만에 가까이 이르렀다 하거늘, 상이 이 말을 들으시고 만조백관을 거느려 십리나 마중 나아가 원수를 맞이할새, 상이 멀리 바라보시니 원수의 위의가 엄숙하고 정제하니, 그것은 주아부의 風度^{풍 도}와 같더라. 만조백관을 돌아보시고 말씀하시되,

「장 해룡은 국가의 棟樑之材^{동 량 지 재}*요 柱石之臣^{주 석 지 신}이라 어찌 기
 쁘지 아니하오.」

하시니, 만좌가 또한 만세를 부르고 상께서 得臣^{득 신}하심을 기뻐하더라. 이윽고 원수의 일행이 이르러 궁에 들어가 왕께 사은하니, 상이 반기사 원수의 손을 잡고 등을 어루만지시며,

---

*동량지재 : 한 집안이나 한 나라를 맡아 다스릴 만한 큰 인재.

「짐이 경을 전장에 보내고 주야로 침식이 불안하더니, 이제 경이 승전하고 개가를 불러 돌아와 짐의 근심을 없게 하니, 옛날의 張良과 孔明인들 이에서 더할 바리오. 경의 공을 무엇으로 다 갚으리오.」

하시니, 원수가 땅에 엎디어 주달하기를,

「성상의 鴻福과 제장의 공이요, 소장의 공이 아니로소이다.」

상이 더욱 기특히 여겨 즉시 원수를 데리시고 환궁하사 문무제신을 모으시고 원수의 공로를 의논하실새, 平北將軍 魏國公 左丞相을 봉하시니, 원수가 굳이 사양하되 상이 불윤하시고 罷朝하시매, 원수가 마지 못하여 사은하고 물러나와 집으로 돌아와 내당에 들어가 황후와 공주께 뵈오니, 황후가 승상의 손을 잡고 즐겨하심을 마지 아니하시며 또 서러워하사,

「간밤에 금령이 이것을 두고 간 곳이 없으니 가장 괴이하도다.」

하시거늘, 승상이 놀라 받자와 보니, 작은 簇子더라. 괴이히 여겨 펴 보니 아이 하나가 난중에 부모를 잃고 있는 형용이라. 그 아래는 한 사람이 그 아이를 업고 가는 형상을 그렸으매, 승상이 보기를 다하매 문득 깨달아 눈물을 머금고 자기 신세를 생각하매 이것은 하늘이 주심이라 하고, 이에 그 족자를 단단히 간수하여 가지고 때때로 내어 보며 슬퍼하지 않는 때가 없더라.

이 때 막씨는 금령을 잃고 주야로 슬퍼할 뿐 아니라 장공의 부부 또한 슬퍼함을 마지 아니하더니, 하루는 야심토록 서로 말할새 홀연 금령이 문을 열고 들어오거늘, 모두 반가움을 이기지 못하고 막씨는 뛰어나와 금령을 안

고 반겨함을 어찌 다 측량하리오. 종일토록 금령을 안고
즐기고 날이 저물어 야심하도록 이야기하다가 양부인이
일몽을 얻으니 천상으로부터 한 명의 선관이 내려와 이
르되,

　「그대 양인의 액운이 다하였으니 오래지 아니하여 그
　대의 아자를 만나게 될 것이라. 이 길로 지나갈 것이
　니 때를 잃지 말라.」

하고, 또 막씨더러 말하기를,

　「그대는 아마도 여아의 얼굴을 보면 자연 알리라.」

하고, 또 금령더러 말하기를,

　「너는 인연이 다하였으매, 인간의 부귀영화 극진할지
　라.」

하고 손으로 어루만지니, 문득 금령이 타지며 한 명의 玉
骨仙女가 나오니, 또한 선관이 이로되,

　「우리가 십육년 전에 주던 보배를 도로 달라.」

하니, 그 선녀가 다섯 가지 보배를 다 드리니, 그 선관
이 받아 각각 소매에 넣고 공중으로 표연히 올라가거늘,
놀라 깨어 보니 침상일몽이라. 괴이히 여기어 일어나 금
령을 찾은즉 간 데 없고 난데없는 선녀가 곁에 앉았거늘,
놀랍고 괴이하여 자세히 보니, 과연 몽중에 보던 선녀더
라. 그 아름다운 자태와 붉은 입술에 흰 이며 갖은 애교
가 사람의 정신을 앗으니 가위 傾國之色이라. 막씨가 한
번 보매 정신이 황홀하게 되는 듯하더라. 어찌할 줄 몰
라 어린 듯 취한 듯 다만 금령만 부를 따름이더라.

　이 때 장공이 외헌에 있다가 이 말을 듣고 한편 괴이
히 여기며 한편 신기히 여기어 급히 내당에 들어와 본즉
아름다운 자태와 갖은 애교가 깨끗하고 아름다와 듣는 바

처음이요 보는 바 처음이라. 희희낙락하여 이름을 금령 소저라 하고 자를 선애라 하더라. 금령 소저에게 전후 사적을 물으니 능히 기록치 못할지라. 이에 하늘에 사례하고 그 즐거워함을 이루 측량치 못할 지경이더라. 이 때 금령이 모친 막씨께 고하여,

　「우리 집으로 돌아가사이다.」

하더라. 막씨가 기특히 여기어 금령을 데리고 집으로 돌아올새, 부인도 또한 따라와 잠시도 떠나지 아니하더라.

　이 때 시절이 흉흉하여 인심이 소동하며 처처에 도적이 벌 일듯 하여 백성을 살해하며 재물을 탈취하고 백주 대로지상에서 노략하기를 예사로 하더라. 이를 능히 州縣이 제어치 못하거늘, 상이 이 소식을 들으시고 근심하심을 마지 않더니, 이 때 魏王이 복지하여 주달하기를,

　「신이 비록 나이 어리고 재주 없으나 한 번 나아가 백성의 소요함을 진정케 하고 폐하의 근심을 덜어 도적을 섬멸하여 백성을 편안케 하오리다.」

하더라. 상이 크게 기뻐하시어 즉시 위왕으로 순무도찰어사를 제수하시고 그날로 떠나게 하시니, 어사가 사은숙배하고 나올새, 상이 다시 어사의 손을 잡으시고 말하기를,

　「경이 한 번 나아가 주현을 평정하고 백성을 진정하면 어찌 위왕의 덕이 아니리오.」

하시고 말을 마치고 웃으시니, 어사가 국은에 감사하고 나와 황후께 하직하고 공주와 더불어 작별하고 길을 떠나더라. 길에 올라 각 읍을 순찰하며 백성을 타이르고, 또한 창고를 열어 모든 사람을 도와 주며 도적을 仁義로 설득하여 징벌이 분명하니, 지나는 곳마다 자진하여 항

복하니, 열읍이 진동하며 백성이 또한 기꺼이 복종하여
불과 수년 안에 민심이 진정되어, 길에 떨어진 물건을 줍
지 아니하고 밤에도 문을 걸지 아니하며, 백성이 擊壤
歌를 부르고, 또한 어사의 은덕을 일컫지 아니하는 이
없더라.

　이러구러 여러 해 되매 길이 남쪽 골로 지나더니 장 삼
의 묘하를 지나게 되었는지라. 어사가 옛날의 일을 생각
하매 가장 비창한지라, 묘 앞에 나아가 제문을 지어 제
사지내니 눈물이 적삼을 적시더라. 제사를 끝내고 태수
에게 나아가 청하기를,

　「장 삼의 묘 앞에 비를 세워 치산하고 송죽을 낳이 심
　으며 묘막을 수축하여 옛날에 양육하던 은정을 표하고
　자 하노라.」

하니, 태수가 즉시 지휘하여 사흘 안에 치산하매, 어사
또한 下隷로 하여금 소룡을 불러 오라 하니, 이 때 소룡
이 형세가 점점 궁핍하여 近境으로 다니며 걸식하고 있
으므로, 어사가 이 말을 듣고 추연함을 이기지 못하여 널
리 수색하여 불러오매, 변씨 모자가 이르러 당상을 우러
러보니 곧 해룡이라, 놀라움을 금치 못하며 자못 청죄할
뿐이어늘, 어사가 저희 모자를 보고 불쌍히 여기어 친히
내려가 변씨 모자를 붙들어 올려 당상에 자리를 주고 그
간의 고역을 물으며 좋은 말로 위로하니, 변씨 모자가 황
공하여 눈물이 비 오듯 하며 능히 말을 이루지 못하더라.
어사가 조금도 옛일을 개의치 아니하니 변씨 모자가 이
를 보고 감격함을 이기지 못하여 오직 悔過自責할 뿐이
더라. 어사는 또한 본관에서 돈 만 관과 비단 백 필을 청
구하여 변씨 모자에게 주며,

「이것이 약소하오나 십삼년 간의 양육의 은혜를 표하옵
　나니, 이 땅에서 살고 매년 한 번씩 찾으라.」
하며 작별한 후에 떠나니, 변씨 모자 멀리 나와 전송하고
들어가 서로 어사의 후덕을 일컫고, 남방의 갑부가 되어
매양 어사의 은덕을 잊지 못하니　보는 사람마다 흠앙치
않는 이 없더라. 이 때 어사의 행차가 京師로 향할새, 길
이 노양 고을을 지나게 되더라. 노양에 들어 객사에 숙소
할새, 본관에 들어가 본관과 더불어 담화하게 되니 자연
히 친하여져서 밤이 깊도록 이야기를 하다가 본관은　하
직하고 돌아가는 것이었고, 어사는 자연히 심사가　어지
러워 잠을 이루지 못하고 잠깐 졸새, 비몽간에 백발　노
인이 눈앞에 이르러 길이 읍하고 말하기를,
　「그대 비록 少年登科하여 廉潔의 풍으로 이름이　사해
　에 차고 위세가 천하에 떨치었으되, 부모를 곁에 두고
　찾지 아니하니, 이는 사람의 도리를 찾지 못함이라. 내
　그대를 위하여 부끄러워하노라.」
하니, 어사가 이 말을 듣고 悲感을 이기지 못하여　노인
을 붙잡고 다시 묻고자 하다가 깨달으니 남가일몽이더라.
크게 의혹하여 다시 자지 못하고 본관에 들어가니, 본관
이 下堂 영접하여 말씀할새, 문득 본즉 벽의 족자가　자
기 낭중에 있는 족자와 같더라. 어사가 자세히 보고　크
게 의아하여 묻기를,
　「족자의 그림이 무슨 뜻인고.」
　본관이 슬픈 듯이 말하기를,
　「뒤늦게야 한 자식을 낳았더니, 난중에 잃은 지 십팔년
　이라. 사생존망을 아지 못하여 주야로 각골하더니, 마
　침 異人을 만나 그림을 그려 주기로 걸어 두고 보고 있

소이다.」

하더라. 어사가 이 말을 듣고 즉시 금랑을 열어 족자 하나를 내걸거늘, 본관이 보니 두 족자가 조금도 다른 데가 없고 조금도 틈이 없는지라. 본관과 어사가 서로 괴이히 여기어 의아하나 뚜렷한 표적이 없어서 발설치 못하고 주저하다가 본관이 어사더러 묻기를,

「그 족자는 어디서 났사옵니까. 이상한 일이 있으니 추호라도 忌諱치 말고 자세히 이르시면 그렇지 아니할 일이 있을 것이니 차착이 없게 이르소서.」

하더라.

어사가 또한 신기히 여기어 자기의 자초지종을 일일이 다 고한 후에 금령의 도움으로 입신양명하여 귀하게 된 일이며, 나중에 금령이 갈 때에 이 족자를 주고 가던 사연을 낱낱이 고하매, 본관이 이 말을 듣고 어린 듯 취한 듯 어찌할 줄 모르고 또한 목이 메어 말하기를,

「나도 금령의 말이 있노라.」

하고, 또 말하기를,

「족자도 금령이 물어 온 것이요, 금령을 여러 해 보지 못하다가 이제 와서 허물을 벗고 나니 천만자태와 만고의 회한한 絶艶이라.」

하고, 또 말하기를,

「내 아이는 등에 일곱 사마귀 칠성을 두었으니 그것으로써 아노라.」

어사가 이 말을 듣고 문득 실성통곡하더라. 본관이 또한 통곡함을 마지 아니하니, 이 때 부인이 내달아 어사를 안고 삼인이 일시에 어우려져 통곡하니, 어찌 슬프고 기이하지 아니하리오. 일월이 빛이 없고, 산천초목이 슬퍼

하는 듯하더라. 이 때 온 읍이 이 소식을 듣고 뉘 아니 신기히 여기며 뉘 아니 이상히 여기지 아니하리오. 어사가 울음을 그치고 꿇어앉아 말하기를,

「소자가 정성이 부족하여 이제야 부모를 만나 뵈오니 그 죄는 씻을 길이 없으나 하늘이 살피사 우리에게 금령을 지시하여 이 일이 있게 하였도다.」

하고, 전후 사연을 낱낱이 고하여 말하기를,

「금령이 비록 환토하였으나 소자가 한 번 보고자 하나이다.」

하니, 공과 부인이 그제야 정신을 차려 말하기를,

「기쁘고 즐거움과 귀하고 신기함이 천고에 듣던 바 처음이라. 네 금령을 보고자 함이 괴이치 아니하나 남녀간에 도리어 부당한 일이니 후일에 다시 말하리라.」

하더라. 어사 또한 그렇게 여기어 이 사연을 글월로 지어 경사에 보고하매, 이 때 상이 어사를 보내시고 주야로 기다리시더니, 문득 글월을 보고 급히 떼어 보신 후에 크게 기뻐하여,

「위왕이 천하를 두루 돌아 부모와 금령을 찾았으며, 금령이 또한 환토하였다 하니 이도 인력으로 수작치 못할 일이라. 이는 반드시 하늘이 지시함이라.」

하시고, 드디어 내전에 들어가시니, 황후와 공주 또한 기뻐함을 마지 아니하며,

「금령은 하늘이 내신 바라 그 공을 背恩(배은)하면 앙화를 받을 것이니, 금령의 혼사를 상과 모후께 주장하사 그의 고운 佳耦(가우)를 얻어 그 공을 갚음이 옳을까 하나이다.」

하니, 상이 옳게 여기사 궁녀 수백과 황문으로 하여금 위의를 갖추어 행장을 준비하여 그날로 떠나라 하시고, 금

령을 황후의 양녀로 삼아 친필로 쓰시되,「금령공주」라 하
시고 급히 떠나라 하시며, 또 막씨를 봉하되,「大節至孝
夫人」을 봉하시고, 장공 부부는 원조 충신으로 그 마음이
굳어 벼슬을 받지 아니하리라 하사 위왕에게 하교하시
어 그 뜻으로써 敦諭하라 하시더라.

　이 때 황문 궁녀 등이 위의를 거느려 행할새, 여러 날
만에 노양에 이르러 임금님의 뜻과 辭令書를 드리고 바로
막씨 처소에 이르자, 막씨가 크게 놀라 황황망조하여 어
찌할 줄을 모르거늘, 이 때 금령 공주는 알아채고 모친
께 나아와 공손히 여쭈오되,

　「오늘 일행이 우리 집으로 올 것이니 모친은 정당에 좌
　를 정하사 남의 기롱을 듣지 마소서.」

하더니, 말을 채 마치지 않아 상궁과 시녀 등이 먼저 명
첩을 올리고 들어와 문안하고 공주의 사령서와 부인의 사
령서를 드리더라. 공주는 향안을 배설하고 사령서를 받
들어 북쪽에 네 번 절한 후에, 시녀와 황문이 들어와 뵈
옵고 황명으로 공주와 부인을 바삐 모셔오라 하심을 전
하니, 부인과 공주 지체 못 할 줄 알고 모녀 즉시 금덩
에 올라 집을 하직하고 길을 떠나니, 지나는 바 도로에 위
의 거룩함이 가히 형언할 수 없더라. 장공 부부가 또한
길을 떠날새, 위왕이 배열하여 경사로 향하니 길가의 구
경하는 자 중에 칭찬치 않는 이 없더라.

　여러 날 만에 경사에 들어와 바로 대내에 들어가 위왕
부자는 사은하고, 공주와 막씨와 부인이 또한 차례로 들
어가 황후께 前謁하니, 상과 황후께서 금선 공주를 데리
시고 칭찬하심을 마지 아니하는 중 금령 공주의 굳은 절
개를 못내 흠앙하며, 그 손을 잡고 탐탐한 정이 골육같

이 지나매 상께서 인하여 하교하시기를,

「예부는 擇日하라.」

하시고, 戶部에게,

「잔치를 배설하라.」

하시며, 친히 전에 내려 부마를 영접하사 인사를 받으시니, 고금에 이런 일이 길이 없을 것이라. 위왕이 길복을 갖추어 내전에 들어가 交拜받고 돌아올새, 금선 공주의 親迎도 또한 그날이더라. 시부모께 먼저 納幣하고 두 공주가 쌍으로 들어가 가례를 맞고 좌에 앉으니, 그 빼어나고 아름다운 태도가 눈에 비치고 만좌에 두드러지더라.

공의 부부와 부인이며 좌상존고의 즐거움이 비할 데 없더라. 또 상과 후에 전알하니 상과 후께서 한 번 바라보시고, 두 공주의 화려한 태도며 아름다운 色德이 사람의 정신을 놀랠 만하더라. 대단히 기뻐하사 종일토록 즐기다가 해가 서산에 저물매, 등롱을 들고 왕을 인도하여 금령 공주의 방으로 들어가 화촉동방의 예를 갖추어 옛일을 말하며 밤 깊도록 말씀하시다가 불을 끄고 공주의 옥수를 이끌어 침상에 드시니, 그 견원의 정이 산과 같고 바다와 같아서 비할 데가 없더라. 처소를 정할새, 유문각은 금선 공주궁 시녀는 다 각각 처소를 분배하여 있게 하고 왕이 밤이면 공주와 즐기고 낮이면 부모를 모시고 즐길새, 막부인도 그 중에 같이 있어 한가지로 즐기더라.

이러구러 세월이 오래매 興盡悲來는 고금의 상사더라. 장공이 홀연히 병을 얻어 백약이 무효하니, 왕이 지성으로 구호하되 마침내 세상을 이별하니, 공의 나이 칠십육세더라. 자녀 등의 망극치통을 이루 기록할 수 없을 정도더라. 장례를 극진히 차려 선산에 안장하고 돌아와 삼상을 지성으로 지내고 문득 가부인이 또 돌아가시니 더욱 天^천崩之痛(봉지통)을 당하매 슬퍼함을 마지 아니하여 선산에 합장하고 삼년 초토를 극진히 지내더니, 또 막부인이 세상을 떠나니 왕이 또한 신상을 구하여 장례를 차려 안장하더라.

이로부터 왕의 복록이 진진하고 자손이 滿堂(만당)하여 금선 공주는 일남 일녀를 두고 금령 공주는 이남 일녀를 두었으니, 다 아버지를 닮아 모두가 옥인군자요 요조숙녀더라. 장자의 이름은 봉진이니 금령 공주의 소생이요, 차자의 이름은 봉환이니 금선 공주의 소생이요, 삼자의 이름은 봉기니 금령 공주의 소생이더라.

장자 봉진은 이부상서로 있고, 차자 봉환은 병마도독으로 있으며, 삼자 봉기는 한림학사에 거하여 다 벼슬에 오르더라. 여아는 명문거족에서 사위를 맞아 각각 滿堂(만당) 화기로 편히 살새, 여러 자손이 각각 아들딸을 낳으니 손이 번성하고 복록이 진진하여 부러울 것이 없더니, 하루는 왕이 후원에 이르러 두 공주와 더불어 한가히 놀더니, 문득 오색의 彩雲(채운)이 내려와 삼인을 오르라 하여 일시에 백일승천하매, 여러 자녀는 왕이 돌아오지 아니하므로 괴이히 여겨 즉시 후원에 가 보니, 부왕과 양모비는 간 데 없고 물색은 의구하더라. 할 수 없어 선산에 안장하고 조석 제전을 극진히 지내며 자손들이 대대로 복록을 누리었음은 다시 말할 것도 없는 일이더라.

〈목판본〉

周生傳

〔해　설〕　周生傳

　　──이기적인 남성의 애정관을 그린 작품

　　우리 고전소설에서는 찾아볼 수 없는 독창적인 플로트와 테
마를 설정해 놓았다. 사랑에 배신당하고 병사하는 여인을 이
작품에서 처음 보았고, 기생에 대한 사랑을 양가녀로 옮기는
남자의 이기적인 사랑도 처음 보았다. 또한 우리 고전소설에
서 남용하고 있는 플로트의 전기성(傳奇性)이나 우연성도 볼
수 없고 모든 사건이 현실적으로 전개되어 있어 현대소설을
읽고 있는 듯한 착각을 일으킨다. 그래서 조선초기에서 볼 수
있었던 〈금오신화〉중 비현실적인 남녀간의 사랑 역정과 비교
해 보면 비약적으로 발전한 느낌을 준다. 말하자면 몽환적인
남녀간의 애정문제가 이 작품에 와서는 본격적으로 절박한 현
실 문제로 대두되어 사랑 때문에 죽지 않으면 안 되는 한 여
인의 비극을 표현해 보았다는 것은 놀라운 사실이다.
　　특히 남자 주인공이 비천한 기생의 사랑보다도 승상의 딸
이라는 양가집 여인의 사랑을 택한다는 남자의 이기적인 애
정관을 우리의 현실로 받아들일 때, 이 작품을 하나의 현대
소설로 보아도 좋을 것이다.

周生傳

주생의 이름은 檜(회)이고, 자는 直卿(직경)이며, 호는 梅川(매천)이라 했다. 주생의 집안은 대대로 錢塘(전당)이라는 곳에서 살았다. 그러나 그의 부친이 蜀州(촉주)의 別駕(별가)*란 벼슬살이를 하면서 촉에서 살게 되었다.

주생은 어려서부터 총명했고 영민했다. 시도 잘 지었다. 나이 열 여덟에 太學生(태학생)이 되었고, 동배들의 추앙을 받는 바가 되었다. 주생 자신도 재주와 학문이 남에게 뒤지지 않는다고 자부하고 있었다.

태학에 다닌 지도 수년이 흘렀다. 계속 과거에 응시했으나 번번이 낙방을 했다. 이에 주생은 탄식하며 말했다.

「이 세상의 인생이란 마치 티끌이 연약한 풀잎에 깃들여 있는 것과도 같은데, 어찌 명예에 얽매여 더러운 속세에서 허덕이며 아까운 청춘을 보낼까보냐.」

이때부터 주생은 과거에 대한 뜻을 포기하고 말았다. 그 대신 장사에 뜻을 두었다.

---

*별가 : 중국의 지방관명.

주생이 재산을 헤아려 보니 百千兩(백천냥)이나 되었다. 그 중 반으로는 배를 구입했다. 江湖(강호)를 오가며 남은 돈으로 잡화 장사를 시작했다. 잇속이 있어 스스로 생활을 꾸려 갈 수 있었다.

이래서 아침에는 吳(오) 땅에 있었고 저녁에는 楚(초) 땅에 있었다. 그는 장사에만 굳이 구애되지 않고 마음 내키는 대로 돌아다녔다.

어느 날이었다. 岳陽城(악양성) 밖에 배를 매어 두고, 오래 전부터 친히 지내는 羅生(나생)을 찾았다. 그 또한 뛰어난 선비였다. 나생은 주생을 반갑게 맞이했다. 술을 마시며 서로 즐겼다.

주생은 취하는 줄도 모르게 대취하여 배로 돌아왔다. 날은 벌써 땅거미가 짙게 깔렸다. 둥근 달이 떠올랐다. 주생은 배를 강 가운데 띄워 놓고 돛대에 기댄 채, 어느 새 곤하게 잠이 들어 버렸다. 배는 마파람을 받아 쏜살같이 흘러갔다.

주생은 깊은 잠에서 깨어났다. 뿌연 안개 속에서 절간의 종소리가 은은히 들려왔다. 달은 서쪽 하늘에 걸려 있었다. 강 양쪽 언덕에는 푸른 나무들만이 희미하게 보였고, 새벽빛은 아직 어둑어둑했다. 나무 그늘 사이로 초롱불빛이 붉은 난간의 푸른 주렴 사이로 은은히 새어 나오고 있었다. 어딘가고 물으니 錢塘(전당)이라고 했다. 즉흥시 한 귀절이 문득 떠올랐다.

악양성 밖 난간을 의지한 몸,

하룻밤 바람에 흘러 꿈나라로 들었네.

두견새 두어 소리 봄달이 밝고,

문득 놀라 깨니 몸은 어느덧 전당에 와 있네.

아침이 밝았다. 주생은 고향 친구들을 찾아 나섰다.
그들 태반은 벌써 세상을 떠나 버린 뒤였다. 주생은 詩

196

句를 읊조리며 배회했다. 차마 발길을 돌릴 수가 없었다.

이곳에서 기생 俳桃를 만났다. 주생과는 어릴 적 소꿉동무였다. 그녀는 재주나 미모에 있어 전당에서는 제일이었다. 사람들은 그녀를 俳娘이라 불렀다.

배도는 주생을 집으로 모셨다. 서로 마주 대하니 몹시 기뻤다. 주생은 시 한 수를 지어 그녀에게 주었다.

하늘가 타향에서 몇 해나 지냈던가,

만리길 돌아오니 일마다 다르도다.

杜秋의 높은 명성 예나 다름없고,

작은 다락 구슬발은 석양에 빛나누나.

배도는 시를 읽고 몹시 놀라 말했다.

「낭군의 재주가 이다지도 훌륭하니, 모든 사람에게 굽힐 데가 없구료. 어찌하여 浮萍草처럼 정처없이 떠돌아 다니시옵니까. 그래 장가는 드시었나요.」

「아직도 장가를 못 갔소.」

배도가 웃으며 말했다.

「제 소원이옵니다. 낭군님은 이제 배로 돌아가지 마시고 저희 집에 머물러 계서와요. 그러면 낭군님을 위해 좋은 배필을 마련해드리겠사옵니다.」

배도는 주생에게 은근히 마음을 둔 터였다. 주생도 배도의 아름다운 자태에 은근히 도취되어 있었다. 그러나 주생은 웃으면서 사양했다.

「내 어찌 감히 바랄 수가 있겠소.」

이렇듯 즐겁게 노는 동안 어느덧 날이 저물었다. 배도는 어린 계집종을 불러 주생을 별실로 모셔 편히 쉬게 했

다. 침실 벽에는 絶句 한 수가 걸려 있었다. 시의 내용
이 생소한 것이었다. 주생이 계집종에게,

「이 시는 누가 지은 것이냐.」

하고 물으니,

「주인 아씨가 지은 것이옵니다.」

했다.

그 시는 이러했다.

비파로 상사곡을랑 타지를 마오,

곡조 높아지면 이 가슴 타고 타네.

꽃은 피어 만발한데 임은 없으니,

오는 봄 애태우다 지샌 밤 몇몇 날인가.

주생은 벌써 배도의 곱디고운 자태에 흠뻑 취해 있었
다. 그런데다 그녀의 시를 읽으니 한층 더 정이 쏠렸고,
마음은 불같이 타올라 만가지 생각이 다 사라져 버렸다.
그는 이 시의 對句를 지어 그녀의 뜻을 떠 보려고 했다.
아무리 고심했으나 좀체 시를 이룰 수가 없었다.

밤은 깊어만 갔다. 달빛은 뜰에 가득했고 꽃그림자는
운치를 도왔다. 주생은 이리저리 배회했다. 홀연 문 밖
에서 얘기 소리, 말 우는 소리가 들리더니 이윽고 사라
졌다. 주생은 매우 의심쩍었다. 그 연유를 알 수 없었다.

배도의 방은 그리 멀지 않았다. 주생은 배도의 방을 살
폈다. 紗窓에선 촛불이 환히 비쳐 나왔다. 주생은 몰래
다가가 안을 엿보았다. 배도는 홀로 앉아 있었다. 그녀는
彩雲牋*을 펴놓고 「蝶戀花」란 詞를 草하고 있었다. 단지

---

*채운전 : 글을 쓰는 고운 종이.

198

^{전 첩}
前疊*만 지었을 뿐, 후첩은 아직 짓지 못하였다. 이에 주
생은 창문을 열면서 말했다.

「주인 아가씨의 ^사詞를 이 나그네가 채워드려도 좋겠
소.」

배도는 짐짓 화난 듯이 말했다.

「미친 손이 어찌하여 여기까지 오셨나요.」

「내가 미친 것이 아니오. 주인 아가씨가 이 나그네를
미치게 할 따름이오.」

배도는 빙그레 미소를 지었다. 그녀는 주생으로 하여
금 그 사를 완성하게 했다.

깊고 깊은 원당에 춘정 설레고,

달빛은 꽃가지에 가득,

향로의 연기 향기도 높구나.

창안의 고운 여인 근심으로 겉늙어,

꿈마저 잃고서 방초 위만 헤매누나.

선경에 잘못 들어,
^{번 천}
樊川이 방초 찾아 노닐 줄 뉘 알리.

잠 깨니 새들은 가지에서 지저귀고,

푸른 발엔 그림자도 없고,

붉은 난간엔 날이 밝누나.

주생은 사를 다 지었다. 그때서야 배도는 자리에서 일
어났다.

그녀는 ^{약 옥 선}藥玉船 술잔에다 ^{서 하 주}瑞霞酒를 따라 권했다. 주생은

---

*전첩 : 사(詞)의 앞부분.

술 생각이 전혀 없었다. 배도가 아무리 권해도 사양했다. 그녀는 주생의 뜻을 알아차리고는 처연히 말했다.

「저의 조상은 豪族이었지요. 조부께서는 泉州의 市舶司* 벼슬을 지내시다가 죄를 지어 庶人으로 쫓겨났읍니다. 그 후부터는 빈곤하여 다시는 재기할 수 없었어요. 더우기 저는 일찍 부모를 여의고 다른 사람 손에서 자라 오늘에 이르렀읍니다. 비록 절개를 지켜 깨끗이 간직하려 했지만, 이미 기생의 명부에 올라 부득이 사람들과 얼려 술 마시고 놀게 됐답니다. 저는 늘 한가한 시간이면 꽃을 보고 눈물을 흘리지 않은 적이 없었고, 달을 바라보며 넋을 잃곤 했이요. 이제 낭군님을 뵈오니, 풍채가 의젓하시고 거동이 활달하며, 재주가 빼어나고 생각이 깊사옵니다. 제 비록 몸은 천하오나 沈席에 모시고 巾櫛 받들기를 원하옵니다. 다만 바라는 것은 낭군님이 후일에 입신 출세하셔서 속히 높은 신분이 되시어, 저를 기생의 명부에서 빼 주시와 선조의 이름을 더럽히지 않게 해주시온다면 하는 것 뿐이옵니다. 그렇게만 해주신다면 낭군님이 저를 버리셔 도중에 헤어지더라도 그 은혜를 잊지 않겠사오며, 조금도 원망하지 않겠사옵니다.」

배도는 말을 마치고 비 오듯 눈물을 흘렸다. 주생은 그녀의 하소연에 크게 감동했다. 그는 그녀의 허리를 끌어안고 소맷자락으로 눈물을 씻어 주며 말했다.

「그것은 남자만이 할 수 있는 일이오. 그대가 말하지 않더라도 내 어찌 생각이 없을까.」

배도는 눈물을 거두고 안색을 달리하여 말했다.

---

*시박사 : 당대(唐代)의 관명으로 선박과 무역에 관한 업무를 맡음.

「詩經에 이르기를 女也不爽이요, 士貳其行이라 하지 않았어요. 낭군님은 李益과 霍小玉*의 일을 못 보셨는가요. 낭군님이 저를 멀리하시거나 버리지 않으시겠다 하오면 맹세의 말씀을 해주시와요.」

배도는 魯나라에서 나는 고운 명주 한 자락을 꺼내어 주생에게 주었다. 주생은 즉석에서 붓을 들었다.

푸른 산은 언제나 푸르고,
푸른 나무는 길이 남도다.
그대 날 믿지 않는다면,
밝은 달이 하늘에 떠 있도다.

주생이 쓰기를 마치자, 그녀는 정성껏 봉해서 치마피 속에다 간직했다.

이날밤 그들은 高唐賦를 읊으며 맘껏 즐겼다.

그것은 金生과 翠翠*며 魏郎과 娉娉*의 재미에 견줄 바 아니었다.

이튿날이었다. 주생은 지난 밤에 들었던 사람의 말소리며 말 울음소리에 대해 물었다.

배도가 대답했다.

「이곳에서 좀 떨어진 곳에 붉은 대문을 한 집이 물가에 면해 있사옵니다. 그것은 죽은 盧丞相의 댁이옵니다. 승상은 이미 돌아가시고 노부인이 일남 일녀를 거느리고 홀로 살고 있읍니다. 아직 아들 딸을 성사도 시키지 않고 날마다 노래하며 춤추는 것으로 일을 삼고

---

*곽소옥 : 《곽소옥전》에 나오는 주인공(主人公)의 이름.
*취취 : 《취취전》에 나오는 주인공.
*빙빙 : 《전등여화》에 나오는 여주인공.

있답니다. 지난 밤에도 사람과 말을 보내어 저를 데리
러 왔었어요. 그러하오나 낭군님이 와 계시어 병을 핑
계 대고 거절하였읍니다.」

이날 해질 무렵 승상부인은 배도를 데리러 사람을 보
내왔다. 그녀는 또 다시 거절할 수는 없었다. 주생은 나
서는 배도를 문 밖까지 나가 배웅하면서,

「밤을 새우지 말고 곧 돌아오도록 하오.」

하고 신신당부했다. 배도는 말을 타고 가버렸다.

그 모습은 산뜻한 鸞鳥 같고, 말은 나는 용과도 같이
곱게 버들숲을 스치면서 冉冉히 사라졌다.

주생은 마음을 주체할 수 없었다. 그는 곧 뒤따라 달
려갔다. 湧金門을 나섰다. 왼편으로 돌아섰다. 垂虹橋에
이르렀다. 웅장한 저택이 구름에 닿을 듯이 우뚝 서 있었
다. 주생이 곧 이 집이 물가에 면해 있는 붉은 대문집이
라는 것을 짐작할 수 있었다. 그 집은 공중에 걸려 있는
것만 같았다. 이따금 음악소리가 뚝 그치면 사람들의 웃
음소리가 낭랑하게 밖에까지 들려왔다.

주생은 다리 위에서 방황했다. 古風詩 한 수를 지어
기둥에 적어 두었다.

버들숲 너머 잔잔한 호수엔 누각이 걸려 있고,
붉은 용마루 푸른 기와엔 청춘이 비치도다.
웃음과 말소리 향풍 타고 들려오건만,
꽃 건너 누각의 사람은 보이질 않네.
꽃 속을 오가는 한 쌍의 제비 부럽기만 한데,
정은 임의로 주렴 속을 날아드네.
이리저리 배회해도 발길을 돌릴 수 없어,

낙조 실은 가는 물결 나그네 시름을 더하누나.

주생이 방황하는 사이에 어느덧 석양의 놀이 짙어졌다. 어둠이 밀려왔다. 이때 여러 무리의 여자들이 붉은 대문에서 말을 타고 나왔다. 金鞍과 玉勒의 광채가 휘황하게 비쳤다.

주생은 배도가 이 무리 속에 있으려니 생각했다. 그는 길가의 빈집으로 숨어들어 지나는 십여 인을 지켜 보았다. 그러나 배도는 보이지 않았다. 그는 매우 의심쩍었다. 다리 위로 다시 돌아왔을 때는 날은 이미 소와 말을 분간할 수 없을 정도로 어두웠다.

이에 주생은 곧장 붉은 대문으로 들어갔다. 사람은 전혀 얼씬거리지 않았다. 이번에는 누각 밑으로 가 보았다. 역시 사람의 그림자도 찾을 수 없었다. 주생은 걱정이 되어 견딜 수 없었다. 달은 희미한 빛을 내고 있었다. 누각의 북쪽으로 연못이 훤히 보였다. 수면 위에는 갖가지 꽃들이 피어 있었다. 꽃밭 사이로는 길이 굽이굽이 나 있었다. 그는 이 길을 따라 슬금슬금 걸어갔다. 꽃밭이 끝나자 집이 있었다. 그는 계단을 따라 서쪽으로 수십보 꺾어 들었다. 멀리 葡萄架 아래 한 채의 집이 보였다. 규모는 작으나 아담했다. 사창은 절반이나 열려 있었고 촛불이 높이 타오르고 있었다. 촛불 그림자 밑으로는 붉은 치마와 푸른 옷소매가 나풀거리는데, 영락없이 한 폭의 그림이었다.

주생은 몸을 숨기며 다가갔다. 숨마저 죽이고 몰래 엿봤다. 금빛 병풍이며 비단요가 눈을 부시게 했다. 나이는 오십줄이나 됐을까, 조용히 뒤돌아보는데 여유가 작작했고 매우 아름다왔다. 그 옆에는 열 너덧 살쯤 되어 보이는 소녀가 앉아 있었다. 머리채는 곱게 뒤로 땋아 내렸고 얼굴은 어여쁘기 그지없었다. 소녀의 맑은 눈이 살짝 옆을 흘기는 모습은 흐르는 맑은 물결 위에 가을 빛이 비치는 것 같았다. 웃을 때면 애교가 넘쳤고, 그 입 모양은 정녕 봄꽃이 아침 이슬을 함빡 머금은 듯했다. 이들 사이에 앉아 있는 배도는 그들에 비한다면 봉황과 까마귀, 구슬과 조약돌 격이었다.

주생의 넋은 구름 밖에 나앉고 마음은 허공을 맴돌았다. 지금이라도 당장 미친 듯이 소리치며 뛰어들고픈 심정을 억제하기 힘들었다.

술이 한 순배 돌아갔다. 배도는 자리에서 물러나 돌아가려고 했다. 부인이 끝내 말리려 했으나 그녀는 간절히 돌려보내 달라고 애원했다. 부인이 말했다.

「평소에는 이런 일이 없었는데 어찌 이리도 서두는가. 정든 사람과 약속이라도 있단 말인가.」

배도는 옷깃을 단정히 하고,

「마님께서 하문하시니, 어찌 사실대로 말씀드리지 않을 수 있겠읍니까.」

하고는 주생과 인연을 맺은 내력을 자세히 아뢰었다. 승상 부인이 미처 말할 사이도 없이, 소녀가 미소 짓고 배도를 흘겨보며 말했다.

「왜 좀더 진작 말하지 않았어요. 하마터면 하룻밤 즐거운 모임을 놓칠 뻔했군요.」

주생은 재빨리 그 집을 빠져나왔다. 한 발 앞서 배도의 집에 다다랐다. 그는 이불을 뒤집어쓰고 코까지 드르렁 골면서 자는 체했다.

배도는 이내 뒤따라왔다. 주생이 누워 자는 것을 보고는 부축해 일으키며 말했다.
「낭군님은 지금 무슨 꿈을 꾸고 계시옵니까.」
주생은 제멋대로 읊어 댔다.

　　꿈결에 요대의 오색 구름에 들어,
　　꽃무늬 수놓은 장막 안에서 선아를 꿈꾸었도다.

배도는 몹시 불쾌해 하며,
「소위 선아라는 것은 도대체 누구지요.」
하고 詰問(힐문)했다.
주생은 말로써 대답할 수 없어 다시 시로써 응답했다.

　　꿈 깨어 보니 기쁘다. 선아가 예 있네.
　　만당한 이 그윽한 정취를 어이하리.

주생은 배도의 등을 쓰다듬으며,
「그대가 내 선아 아닌가.」
하니, 배도는 웃으며 말했다.
「그렇다면 낭군님은 저의 仙郎(선랑)이군요.」
이 뒤부터 서로 仙娥(선아)·仙郎(선랑)으로 부르게 되었다. 주생이 배도에게 늦게 온 사연을 물으니, 배도가 대답했다.
「연회가 파한 후 다른 기생들은 모두 돌아가게 하였으나 유독 저만 남게 했나이다. 저를 따로 仙花(선화)의 거소에다 불러 다시 조촐한 술자리를 벌여 놓고 붙들었읍니다.」
주생이 자세히 유도해 물어 보니 배도가 대답했다.

「선화의 자는 芳卿이고 나이는 열 다섯입니다. 용모가 빼어나 세속 사람 같지 않으며, 詞曲을 잘 지을 뿐만 아니라 자수도 잘 놓아 저 같은 것은 감히 댈 수도 없어요. 어제는 風入松의 사를 짓고, 거기에 맞춰 琴絃을 뜯고자 했어요. 제가 음률을 안다고 머물게 하고서는 그 곡을 노래하게 했어요.」

주생이 다시,

「그럼 그 사는 어떤 것인가.」

하고 물으니, 배도는 소리내어 죽 읊었다.

옥창에 꽃 피고 봄날은 더디기만 한데,
집안은 고요하고 주렴이 드리웠네.
모랫가의 예쁜 오리는 석양을 즐기고,
쌍쌍이 짝 지어 봄못에서 멱 감으니 부럽기만 하구나.
버들숲 안개는 가벼이 엉겼고,
휘늘어진 가지마다 안개 속에 간들간들.
꽃다운 님은 잠 깨어 난간에 기댔는데,
만면엔 수심이 가득하구나.
제비는 집지어 알을 품고,
꾀꼬리는 때 가는 줄 모르고 지저귀는데,
봄날의 미색은 꿈결같이 시드니 한스럽기만 하구나.
비파 잡아 가볍게 튕기니,
곡 중의 깊은 원한을 그 뉘라서 알리오.

배도가 한 귀 읊을 때마다 주생은 은근히 칭찬하지 않을 수 없었다. 그러나 짐짓 말했다.

「이 사곡에는 규방의 春懷가 남김없이 발휘되었구료.

蘇若蘭* 정도의 뛰어난 솜씨가 아니면 그만한 경지에 이르기는 좀 힘들 것 같소. 그러나 나의 선아가 꽃을 다듬고 옥을 깎는 재주만은 못하오.」

주생은 선화를 본 후로 배도에 대한 정이 엷어졌다. 응수할 때만은 억지로 웃음을 짓고 즐거운 체했으나 마음엔 오직 선화 생각뿐이었다.

하루는 승상부인이 어린 아들 國英을 불러 말했다.

「네 나이 벌써 열 둘이 아니냐. 아직도 就學을 못하고 있으니, 후일 성년이 되면 어떻게 자립하겠느냐. 내 들은 바로는 배도의 남편인 주생은 글을 잘하는 선비라고 한다. 네 가서 배우기를 청하는 것이 좋겠구나.」

부인의 家法은 매우 엄했다. 국영은 이 말을 어길 수 없었다. 그 날로 책을 챙겨 주생에게 갔다. 주생은 마음 속으로 「이제는 됐구나」 하고 은근히 기뻐했다. 그러나 거듭 사양하다가 마지 못한 체하면서 허락했다.

어느 날 주생은 배도가 출타한 틈을 타 국영에게 조용히 말했다.

「네 오가면서 글을 배우는 것은 번거로운 일이 아니겠느냐. 네 집에 빈방이라도 있다면 내가 너의 집으로 옮겨 갔으면 한다. 너는 왕래하는 불편을 덜 것이요, 나는 너를 가르치는 데 전력을 다할 수 있을 텐데.」

국영은 넙죽 절을 하면서,

「그러하오기를 진심으로 바랍니다.」

하고 말했다. 그러고는 집으로 돌아가 어머님께 말씀드려 그 날로 주생을 자기 집으로 맞아들였다. 배도는 외출했다 돌아와 몹시 놀라며 말했다.

---

*소약란 : 중국 전진 때 안남장군의 아내로서 글을 잘했음.

「아마도 선랑께서는 딴 마음이 있으신가 보군요. 왜 저를 버리시고 다른 곳으로 가십니까.」

「내 듣건대 승상댁에는 三萬軸(삼만축)의 장서가 있다 하오. 부인은 先公(선공)의 유품이라 함부로 내고 들이는 것을 싫어한다지 않소. 그래서 그 집에 가 세상 사람들이 알지 못하는 책들을 읽어 보려는 욕심으로 그러는 거요.」

배도는,

「낭군님께서 학문에 정진하시는 것은 저의 복입니다.」

하고 말했다.

주생은 승상댁으로 옮겨 갔다. 낮이면 국영이와 같이 있고, 저녁이면 집안의 문이란 문은 빈틈없이 잠가 버리므로 어찌할 도리가 없었다. 갖은 궁리를 다하는 동안 어느덧 열흘이 지났다. 문득 그는 혼잣말로 중얼거렸다.

「내가 이곳에 온 것은 선화를 도모하기 위한 것이었는데, 이 봄이 다 가도록 만나지도 못했구나. 黃河(황하)의 물 맑기를 기다린다면 몇 해나 기다려야 할지. 차라리 어둔 밤에 선화방으로 뛰어드는 게 낫겠다. 일이 성공하면 귀한 몸이 될 것이요, 실패로 돌아가면 죽음을 당한다 해도 좋다.」

이날 저녁따라 달이 없었다. 주생은 여러 겹의 담을 뛰어넘어 선화의 방 앞에 이르렀다. 복도에는 구부러진 큰 기둥이 있는데 簾幕(염막)이 겹겹이 드리워 있었다. 선화는 얼마 동안 혼자만이 촛불을 밝히고 곡을 뜯고 있었다.

주생은 기둥 사이에 바짝 엎드려 그 뜯는 소리를 듣고 있었다. 뜯기를 다한 선화는 蘇子瞻(소자첨)*의 賀新郎詞(하신랑사)를 작은 소리로 읊기 시작했다.

---

*소자첨 : 중국 송대(宋代)의 문인 소 식(蘇軾)의 자(字). 호는 동파(東坡).

주렴 밖 그 누가 와 있어 수창을 두드리니,
선경에 노니는 이 꿈을 깨웠네.
아, 이제 보니 그대는 임이 아니고,
바람이 불어와 대를 쳤구나.

이것을 듣자, 주생은 주렴 밖에서 작은 소리로 읊었다.

바람이 불어와 대를 친다 마오.
바로 그리운 임 여기 왔도다.

선화가 못 들은 척했다. 곧 촛불을 끄고 잠자리에 들었다.

주생은 방 안으로 들어갔다. 함께 잠자리에 파고 들었다. 선화는 나이가 어린 데다 약질이었다. 정사를 견뎌내지 못했다. 그러나 엷은 구름과 가는 비처럼 버들과 어린 꽃처럼 교태로왔다. 울다가는 부드럽게 속삭였고, 살며시 미소 짓다가는 가볍게 찡그리기도 했다.

주생은 벌이 꽃을 찾아 날듯 나비가 꽃가루를 그리워하듯 매혹되었다. 정신은 한없이 무르녹았다.

어느덧 날은 밝아왔다. 난간 앞 꽃나무 가지에 앉은 부엉이 울음소리를 문득 들었다. 주생은 깜짝 놀랐다. 방을 급히 나갔다. 집과 연못은 고요했고 새벽 안개는 몽롱했다. 선화는 주생을 보내느라고 방문을 나섰다가 문을 닫고 들어가며 말했다.

「이제 간 후로는 다시는 오지를 마셔요. 이 비밀이 새나가 누설된다면 死生이 걱정되옵니다.」

주생은 기가 막혔다. 목이 메어 급히 달려들며 말했다.

「이제 겨우 좋은 인연을 이루었는데 어찌 이렇게도 박
대를 하는 거요.」
선화는 방긋 미소 지으면서,
「아까 말은 농담이어요. 너무 노여워하지 마시옵고 저
녁으로 만나도록 하시어요.」
하고 말했다. 주생은 연신「응응」하면서 급히 달려 나
갔다.
선화는 방으로 들어오자 <ruby>早夏間曉鶯<rt>조 하 간 효 앵</rt></ruby> 시를 일절 지어 창
밖에 걸었다.

비 내렸다 갠 날은 막막히고 음산한데,
푸른 버들은 그림 같고 풀은 연기만 같구나.
봄날의 수심은 봄따라 가지 않고,
새벽 꾀꼬리를 따라 베갯머리로 날아드누나.

다음날 저녁이었다. 주생은 또 선화를 찾아갔다. 갑자
기 담 밑 나무 사이에서 아련하게 신발 끄는 소리가 났
다. 그는 다른 사람에게 들켰나 싶어 달아나려 했다. 신
을 끌던 사람이 청매를 던져 주생의 등을 맞혔다. 그는
피할 곳이 없어 몹시 당황했다. 수풀 속에 납작 엎드렸
다. 그런데 신 끌던 사람이 낮은 소리로 말했다.
「<ruby>周郎<rt>주 랑</rt></ruby> 놀라지 말아요. <ruby>鶯鶯<rt>앵 앵</rt></ruby>*이 여기 있어요.」
그제서야 주생은 선화가 한 짓인 줄 알았다. 일어서서
선화의 허리를 꼭 끌어안으며,
「왜 이렇게도 사람을 놀라게 하는 거요.」
하니, 선화는 웃으며 말했다.

＊앵앵 :《앵앵전》에 나오는 여주인공 이름.

「어찌 감히 낭군님을 놀라게 하겠어요. 낭군님 혼자 지레 겁을 먹었을 뿐이지요.」

주생은,

「향을 훔치고 구슬을 도둑질하는데 어찌 겁이 나지 않겠소.」

하고는 손 잡고 방으로 들어갔다. 주생은 창문 위에 걸린 絕句(절구)를 보았다. 마지막 귀절을 손으로 가리키며 말했다.

「아름다운 선화가 무슨 근심이 있어 이런 시를 지었소.」

선화는 조용히 대답했다.

「여자의 몸은 수심과 함께 나서, 만나지 못했을 때는 서로 만나기를 원하고, 만나면 서로 헤어질 것을 두려워합니다. 이러니 어찌 여자의 몸으로서 편안하게도 근심이 없겠읍니까. 하물며 낭군님은 折檀之譏(절단지기)*를 어겼고, 저는 行露之辱(행로지욕)을 받았읍니다. 불행히도 하루아침에 우리 정사의 자취가 발각된다면 친척들에게 용납되지 못할 것이요, 동리 사람들은 천하게 여길 것입니다. 그렇게 되면 비록 우리들이 손을 잡고 해로하려 해도 무슨 소용이 있겠읍니까. 오늘의 일은 구름 속에 든 달과 같으며 숨은 꽃과도 같습니다. 설사 한때는 즐겁다 하더라도 그것이 오래 가지 못할 테니 어찌하겠읍니까.」

말을 마친 후, 눈물을 주룩 흘리며 원한 품은 태도를 보였다. 거의 자신을 억제하지 못했다. 주생은 눈물을 훔쳐 주며 위로해 말했다.

---

* 절단지기 : 《시경(詩經)》의 〈정풍 장중자(鄭風將仲子)〉편에 〈장중자여, 그대는 나의 집 뜰을 뛰어넘어 내가 심은 박달나무를 꺾지 말라. 내 어찌 그걸 아끼리오만 사람들의 말이 많을 것을 두려워함이다〉.

「대장부가 어찌 아녀자 하나를 얻을 수 없겠는가.　내
나중 중매의 절차를 밟아 예법으로 그대를 맞이할　것
이니 너무 걱정을 마오.」

선화는 눈물을 거두며 치사했다.

「낭군님의 말씀대로만 될 것 같으면 저의 아름다운 얼
굴이 비록 집안을 화목하게 할 수는 없겠지만, 나물을
캐어 정성껏 제사를 받드는 일만은 다하겠읍니다.」

선화는 香盒을 열었다. 조그만 화장용 거울을　꺼내어
둘로 깨뜨렸다. 한쪽은 자기가 갖고 다른 한쪽은 주생에
게 주며,

「洞房華燭의 밤을 기다렸다 다시 히니로 합하와요.」

했다. 또한 흰깁 부채를 주면서 말했다.

「이 두 물건은 비록 하찮은 것이지만　제 마음의 간곡
함을　나타내는 것이옵니다. 제 소원이오니 乘鸞*의 처
로 생각하시어 가을 밤의 원한을 끼치지 마시옵고, 가
사 姮娥가 그림자를 잃을지라도　꼭 밝은 달빛을 어여
삐 여겨 아껴 주옵소서.」

이후로 그들은 밤이면 만났고 새벽으로 헤어졌다. 하룻
밤도 거르는 법이 없었다.

어느날 주생은 오랫동안 배도를 만나지 않았음을 생각
했다. 그녀가 이상히 여길까 두려워 그녀의 집으로 가서
잤다. 밤 사이 선화는 기다리지 못해 주생의 방에까지 갔
다. 선화는 주생이 쓰던 단장 주머니를 풀어 보았다. 그
녀는 배도가 지은 시 두어 폭을 발견했다. 그녀는 화가
뿌듯이 치밀었고 질투심이 솟아났다. 그래서 책상　위에
있는 붓을 들어 까맣게 지워 버렸다. 그 밑에다 眼兒眉詞

---

*승란 : 좋은 남편을 얻은 아내를 말함.

일절을 지어 푸른 비단에 써서 주머니 안에 집어넣고는
나가 버렸다.

　그 사는 다음과 같았다.

　　창 밖의 그림자 보이는 듯 사라지고,
　　기울어진 달은 누각 위에 높이 떴네.
　　우수수 대나무 소리는 풍류 이뤄 요란하고,
　　오동나무 그림자는 집안에 가득한데,
　　깊은 밤 고요는 수심을 자아내네.
　　이 외로운 밤 방탕한 임은 소식조차 없으니,
　　어디서 노니느라 나마저 잊었는가.
　　아서라 생각 말자 잊으려 하나,
　　멀리 있는 정은 답답도 해.
　　그래도 행여나 시간을 헤며 앉아 기다리네.

　이튿날 주생이 돌아왔다. 선화는 조금도 질투하거나 원
망스런 얼굴을 나타내지 않았다. 또 주머니를 끌러 본 것
도 말하지 않았다. 그녀는 주생 스스로 깨달아서 부끄러
워하게 하고자 함이어서 일체 내색을 하지 않았다.

　하루는 승상부인이 술자리를 마련해 놓고 배도를 불렀
다. 부인은 주생의 學行을 칭찬했다. 아들 글 가르치는 데
수고를 한다고 치사했다. 그리고는 손수 술을 따라 배도
로 하여금 주생에게 잔을 권하게 했다.

　주생은 이날 밤 술에 취해 정신이 없었다. 배도는 혼자
앉았으니 따분하기 이를 데 없었다. 그래서 주생의 주머
니를 끌러 보았다. 그녀는 자신이 지은 詞가 먹으로　지
워진 것을 보았다. 마음은 자못 언짢았고 괴이한 생각이

들었다. 또한 그 밑에 眼兒眉詞(안아미사)를 보니 선화가 한 짓이
분명했다. 그녀는 몹시 화가 치밀었다. 그녀는 이 사를
소매 속에 감춘 다음 주머니를 전처럼 싸매 두었다. 앉은
채 아침을 기다렸다.

주생이 술에서 깨어나자 침착하게 물었다.

「낭군님은 이곳에서 무작정 유할 건가요. 도대체 돌아
오지 않는 것은 무엇 때문입니까.」

주생은,

「국영이가 공부를 아직 다 마치지 못한 탓이오.」

하고 대답했다.

「그래요. 처의 동생을 가르치는 것이니 불가분한 마음
을 다해야겠지요.」

주생은 얼굴을 붉히며,

「그게 도대체 무슨 말이오.」

하고 물었다. 배도는 얼마 동안 말이 없었다. 그럴수록 주
생은 당황하여 어찌할 줄을 몰랐다. 고개를 푹 숙이고 방
바닥만 응시했다. 배도는 그 사를 꺼내어 주생의 면전에
던지며 말했다.

「踰墻相從(유장상종)이요, 鑽穴相窺(찬혈상규)구료. 이 어찌 군자가 할 짓
입니까. 난 지금 곧장 들어가 부인께 말씀올리렵니
다.」

배도는 몸을 일으켰다. 주생은 황망히 그녀를 붙잡아
앉히고 사실을 고백했다. 머리를 조아리며 간곡히 빌었
다.

「선화는 나와 백년해로를 굳게 언약한 사이인데, 어찌
죽을 곳으로 몰아넣는단 말이오.」

배도는 마지 못해 뜻을 돌리고는,

「그렇다면 곧 저와 같이 돌아갑시다. 그렇지 않으면 낭
군님이 저와의 언약을 어긴 바에야 제가 무어라고 맹
세를 지킬 것이오리까.」
하고 말했다.

주생은 하는 수 없었다. 부인에게 딴 핑계를 대고 배도
의 집으로 돌아갔다. 배도는 선화와의 관계를 알고 난 다
음부터는 다시는 주생을 선랑이라 부르지 않았다. 마음
속에 불평이 끓어올라서였다.

주생은 오로지 선화만을 생각했다. 몸은 나날이 여위어
갔다. 끝내는 병을 빙자해 자리에 눕고 말았다. 스무 날
이 지나갔다. 돌연 국영이 병으로 죽었다는 전갈이 왔다.
주생은 祭物을 갖춰 영구 앞에 나아가 奠을 올렸다.

선화 역시 주생과 이별한 후 상사의 병이 깊어 기거 동
작도 남의 손을 빌어야 했다. 문득 주생이 왔다는 소식
을 듣고는 병을 무릅쓰고 억지로 일어났다. 淡粧素服을
하고 주렴 안에 혼자 서 있었다.

주생은 전을 끝냈다. 멀리 선화가 보였다. 눈을 찡긋해
정을 표시했다. 머리를 숙이고 서성거리다 뒤돌아보니,
그녀는 이미 사라져 보이지 않았다.

세월은 흘러 몇 달이 지났다. 배도마저 병들어 눕고 말
았다. 숨을 거두기 전, 그녀는 주생의 무릎을 베고 눈물
을 가득 머금은 채 말했다.
「저는 葑菲下體*로서 그늘에만 의지하여 살아오다가 아
름다운 청춘이 다 가기도 전에 시들 줄을 누가 알았겠
읍니까. 이제 저는 낭군님과 영원히 이별을 하게 되었
으니 비단옷이며 좋은 관현악기가 소용이 없고, 전날

---

*봉비하체 : 여자가 젊어서는 사랑받지만 늙으면 버림받을 수 있음의 비유.

의 소원도 다 그만입니다. 다만 원하옵는 바는 제가 죽
은 후에 낭군님은 선화를 취하여 배필로 삼으시옵소서.
그리고 내 죽은 뒤 시신은 낭군님이 왕래하시는 길가에
묻어 주신다면 죽더라도 산 것같이 여기고 편안히 눈
을 감겠읍니다.」

배도는 말을 마치고 기절했다. 한참 만에 다시 깨어나
주생을 바라보며 말했다.

「주랑 주랑이여, 부디부디 몸조심 하시어요. 몸조심
하…」

이러기를 몇 번 하더니 숨을 거두고 말았다. 주생은 배
도의 죽음을 몹시 슬퍼했다. 그는 그녀의 유언대로 시세
를 湖山의 길가에다 고이 묻어 주었다. 祭文은 다음과 같
았다.

「모월 모일에 梅川居士는 蕉黃·荔丹의 제물을 드리고
俳娘의 혼백을 위로하며 제를 올리노라. 꽃의 정기와
도 같이 아름답고 달의 자태와도 같이 좋은 몸을 지
녔던 그대는 章臺*의 버들인양 춤을 잘도 추어 바
람에 나부끼는 버들가지와 같았도다. 미색은 아름다
운 골짜기의 향기로운 난초를 능가하는 이슬 담뿍 머
금은 붉은 꽃이었도다. 回文詩에 있어서는 蘇若蘭이
독보함을 용납하지 않았으며, 詞에 있어서는 賈雲華
일지라도 명성을 다투기 어려웠도다. 이름은 비록 妓
籍에 들었어도 그 뜻만은 그윽했고 정절을 지켰도다.
나는 바람에 휘날리는 버들가지와도 같아 방탕한 뜻
을 지녀 외로이 물에 뜬 부평초의 신세였도다. 言采

---

*장대 : 중국 장안에 있는 번화가 이름. 여기에 창기가 많았다고 함.

沬鄕之唐*이요, 不遇東門之楊*하여 서로가 사랑하며 길이 잊지 않기로 기약까지 두었도다. 교교한 달밤에 굳은 맹세할 적에는 창문엔 구름이 가리었고 화원에는 봄빛이 화창했도다. 그 사이에 瓊醬 마시며 鸞笙함이 그 몇 번이었던가. 아아 슬프도다, 때 가고 일 지나 지극한 즐거움이 슬픔을 자아낼 줄 그 뉘라서 알았으리오. 翡翠 이불이 따뜻해지기도 전에 원앙의 단꿈이 먼저 깨어졌구료. 즐거움은 구름같이 사라지고 恩情은 비같이 흩어져 비단치마 바라보니 색은 이미 변했도다. 옥패에는 소리가 나지 않고 일척의 魯縞*만이 아직도 향기롭구나. 朱絃綠服이 온 상에 헛되이 버려져 있고, 藍橋의 옛집은 紅娘에게 내맡겼도다. 오호라, 가인은 얻기 어렵고 德音*은 잊기 어렵도다. 옥 같은 맑은 자태, 꽃다운 고운 맵시가 눈에 선하도다. 하늘과 땅은 영원히 변하지 않으니 망망한 이 한을 어이하며, 타향에서 짝을 잃고 그 누굴 믿을손가. 이제 노를 저어 온 길을 되돌아가려 하나 호수와 바다는 넓고 험하며 세월은 덧없이 흐르기만 할 것이니, 천만리 머나먼 길을 외로운 조각배가 가고 간들 무엇을 의지하랴. 뒷날 그대의 넋 앞에 와 울겠다고 기약하기는 어렵도다. 산에는 사라진 구름이 다시 돌아오고, 강물은 밀렸다가 썰물 되어 오지만 한번 간 그대는 다시 오지 못하누나. 내

＊언채매향지당 :《시경(詩經)》〈상중(桑中)〉편 제 1장에 나오는 말로서, 여자를 좋아하여 유인한다는 뜻.
＊불우동문지양 :《시경(詩經)》〈진풍 동문지양(陳風東門之楊)〉편에 나오는 말로서, 남녀가 동문버들 밑에서 상봉을 약속하고서도 어긴 것을 읊은 시(詩)인데, 상봉의 약속을 어기지 않았다는 뜻.
＊노호 : 중국 노에서 나는 유명한 비단.
＊덕음 : 도리에 닿는 착한 말. 칭찬하여 들리는 말.

이제 그대를 마지막 하직하며 술로써 제사 지내고
글로써 이내 정을 나타내도다. 바람결에 부쳐 영결
하노니, 그대의 혼이여 부디 흠향하시라.」

주생은 제사를 마쳤다. 그는 두 계집종과 이별하며 말
했다.
「너희들은 집을 잘 간수하여라. 내 후일 성공해 돌아
오면 반드시 너희들을 돌봐 주마.」
계집종들은 섧게 울며,
「저희들은 주인 아씨를 어머니같이 우러러 받들었고,
아씨도 저희를 자식같이 사랑해 주시었어요. 이제 저
희가 박복하여 아씨를 일찍 여의었으니, 오직 믿고 달
랠 길은 서방님뿐이온데, 이제 서방님마저 가신다니
저희들은 누구를 의지하고 사오리까.」
하고는 더욱 섧게 울었다.
주생은 새삼 계집종들을 달래 주고는 눈물을 뿌리며 배
에 올랐다. 그러나 차마 노를 저을 수 없었다.
이날 밤 주생은 垂虹橋(수홍교) 밑에서 묵었다. 멀리 선화의 집
을 바라보니 촛대의 불빛만이 숲속에서 깜박이고 있다.
그는 좋은 시절은 이미 지나간 것을 생각했다. 이제는 다
시 만날 인연이 끊어졌음을 슬퍼했다.
그는 長相思(장상사) 일절을 읊었다.

꽃에도 버들에도
안개는 끼었는데,
춘색을 전하는 이 한밤,
늘어진 버들 숲에서 잠자도다.

좋은 인연 모질어

이 새벽녘,

임의 방 촛불은 막연도 한데,

되짚어 가는 길에 끝없는 만리 길을 바라보도다.

주생은 날이 새도록 잠을 이루지 못했다. 아무리 생각해 봐도 이번 가면 선화를 영영 이별할 것만 같았다. 그렇다고 머물자니 배도도 가고 국영도 또한 죽었으니 의지할 데라곤 없었다. 백 갈래로 생각해 보았으나 한 가지도 결정을 내리지 못했다. 벌써 날은 훤히 밝아 왔다. 주생은 하는 수 없이 노를 저어서 물길을 떠났다. 선화의 집이며 배도의 묘는 점점 아득해졌고, 산굽이를 돌아 강이 굽어진 곳에 이르니 홀연 시야에서 사라져 버렸다.

주생의 외가인 張씨 노인은 湖州의 갑부였다. 그뿐만 아니라 화목하기로 이름이 나 있었다. 주생은 그리로 찾아가 의지했다. 장노인 댁에서는 주생을 지극히 후하게 대접했다. 주생은 비록 몸은 편안하였으나 선화를 생각하는 정은 갈수록 더해만 갔다. 주생의 마음을 몰라주듯 세월은 흘렀다. 춘삼월 호시절을 맞았다. 이 해가 바로 萬曆 임진년이었다.

장씨 노인은 주생이 나날이 여위어 가는 것을 이상스럽게 여겨 까닭을 물었다. 그는 감히 감추지 못해 사실대로 아뢰었다. 장씨 노인은 이렇게 말했다.

「너의 마음에 맺힌 한이 있었다면 왜 진작 말하지 않았느냐. 내 안사람과 노 승상과는 동성이어서 여러 대 동안 긴밀히 지냈다. 내 너를 위해 힘써 보겠으니 염려하지 마라.」

이런 다짐을 둔 다음날이었다. 노인은 부인을 시켜 편지를 써 늙은 하인을 전당으로 보내 王謝之親을 의논했다.

선화는 주생과 이별한 후 날이면 날마다 자리에 누워 있었다. 그래서 여윌 대로 여위어만 갔다. 승상 부인도 선화가 주생을 사모하다 얻은 병인 줄은 알고 있었다. 그녀의 뜻을 이루어 주려 했으나 이미 주생은 떠나 버려서 어쩔 수가 없었다. 그러던 차에 돌연 盧夫人의 편지를 받았다. 온 집안이 놀라며 기뻐했다. 선화도 누워 있다가 억지로 일어나서 머리도 빗고 세수도 하며 몸단장을 하는 등 전과 같았다. 이 해 구월로 혼인날이 정해졌다.

주생은 날마다 포구로 나가 늙은 종이 돌아오기를 기다렸다. 아흐레가 되던 날이었다. 그 늙은 종이 돌아왔다. 정혼의 뜻을 전하고, 더우기 선화의 편지를 전해 주었다. 주생은 급히 편지를 뜯었다. 분향 냄새가 그윽했다. 편지지에는 눈물 자국이 번져 있었다. 그는 선화의 哀怨을 가히 짐작하고도 남음이 있었다. 사연은 이러했다.

「박복한 몸 선화는 목욕재계하고 무량께 올리옵니다. 저는 본래 약질이어서 깊은 규방에서 수양하고 있읍니다. 매양 청춘이 수이 감을 근심했고, 거울을 들여다보면서 스스로 한탄했읍니다. 비록 연심을 품었다가도 사람을 만나면 부끄러움을 금할 수 없었읍니다. 그러나 버들가지를 보면 춘정이 무르녹고, 나뭇가지의 꾀꼬리소리를 들으면 또한 연모심이 몽롱해집니다. 하루아침에 고운 나비가 소식을 전하며 산

새가 길을 인도했읍니다. 東方之月에 姝子在闥하여
낭군님이 담을 넘어 오심에 있어서 저는 몸을 아끼
지 못했읍니다. 仙藥을 달이려고 하계에 내려와 일
은 마쳤지만 玉京에 올라가지 못해 거울을 둘로 나
누어 한가지로 영원한 맹세를 했던 것입니다. 그러던
것이 호사다마하여 호시절을 다 놓치고 말았읍니다.
마음만은 사랑하기 그지없으나 몸은 점점 여위어짐
을 슬퍼하고 있읍니다. 낭군님이 한번 가신 뒤 봄은
다시 왔으나 소식이 없어, 이화에 비 내리고 황혼
빛이 문을 비추어 잠·못 이뤄 전전하옵고, 낭군님 생
각으로 자꾸만 여위어질 뿐입니다. 비단 장막은 낭군
님이 없어 주야로 쓸쓸하옵고, 촛불을 밝힐 일 없으
니 저녁으로 방 안은 침침할 따름입니다. 하룻밤에
몸 망치고 백년의 정을 품으매 이미 시들어져 가는
몸이지만 낭군님만을 생각합니다. 밤이면 달을 보고
눈물을 흘립니다. 낭군님 생각으로 간장은 녹아나고
만나고 싶은 마음 간절하기 그지없으나 갈 수 없는
신세이옵니다. 만약 이미 이런 일이 있을 줄을 알았
던들 살아 있지 못했을 것입니다. 이제 月老*가 소
식을 보내오매 佳日이 기다려지오나 홀로 있으니 초
조하여 견딜 수 없읍니다. 병은 나날이 깊어져 꽃 같
은 얼굴은 광채가 사라지고 구름 같은 머리에는 빛
이 없어졌읍니다. 이후 낭군님이 저를 본다 할지라
도 다시는 전처럼 은정이 솟지 않을 것입니다. 이제
와서 아무것도 바랄 것이 없사오나, 다만 품고 있는
정성을 다하지 못한 채 문득 아침 이슬과 같이 세상

---

* 월로: 중매자(仲媒者)를 가리킴.

에서 사라진다면 멀고먼 황천길을 가는 넋의 한이 무궁할 것이 두렵습니다. 이제는 아침에 낭군을 뵈옵고 저의 기구한 정을 호소나 할 수 있다면 저녁에 죽어도 원이 없겠나이다. 산천은 첩첩하여 먼 구름 밑에 떨어져 있는 거리를 편지 전할 사람이 빈번히 다닐 수도 없는 일이옵니다. 이제 멀리 목을 빼어 바라보니 뼈는 녹고 넋은 날 뿐입니다. 호주의 땅은 기후가 좋지 못하여 질병이 많습니다. 낭군님은 자중하시어 부디 몸조심하옵소서. 끝으로 이 정겨운 편지에 할 말을 다하지 못한 것은 돌아가는 기러기에 부탁하여 보내겠읍니다.」

편지를 읽고 난 주생은 꿈꾸다 깨어난 것만 같고, 술에 취했다 정신이 난 것만 같았다. 슬프기도 했고 반갑기도 했다. 그러나 오는 구월을 손꼽아 보니 아직도 아득했다.

주생은 혼일을 고쳐 잡으려고 장씨 노인을 찾았다. 다시 한번 늙은 종을 보내달라고 청한 후 선화에게 보내는 답장을 썼다.

「사랑하는 임 선화 그대여. 三生*의 인연이 깊어 천리길에서 온 편지를 받았소. 사물을 보고 사람을 생각하니 어찌 한 시인들 잊을 수 있으리오. 지난날 나는 그대의 집에 뛰어들었소. 몸을 瓊林에 의탁하였다가 춘심이 발동하여 애정을 금하지 못하고 꽃 속에서 맹약하고 달 아래 인연을 맺었소. 그때는 외람되게도 많은 은정을 입고 굳은 맹세를 하였소. 스스

---

*삼생 : 전생(前生)과 현생(現生)과 후생(後生).

로 생각하기를, 이 세상에서는 깊은 은혜를 갚을 도
리가 없다고 여겼소. 인간의 호사에 대한 조물주의
시샘으로 하룻밤의 이별이 해를 넘겨 원한이 되었소.
이렇게 될 줄 어찌 알았으리오. 피차 멀리 떨어진 데
다 산천이 가로막혔으니, 하늘 가에서 무한히 슬퍼
하는 이몸은 吳나라 구름 속에서 우는 기러기요, 楚
나라의 산골짜기에서 우는 원숭이 같은 신세가 되었
소. 이제 친척의 집에서 홀로 잠을 자니, 외롭고 쓸
쓸하여 목석이 아니고는 어찌 섧지 않으리오. 아, 아
름다운 그대여. 이별한 후의 이 심정은 그대만이 알
수 있으리라. 옛사람은 하루를 못 만나면 십년과도 같
다 했은즉, 이것으로 미룬다면 구십년이나 되오. 만
약 천고마비의 가을날에 나가서 가일을 정한다면, 차
라리 荒山에 시들어진 풀 속에서 나를 찾는 것만 못
하리다. 정을 다 담지 못하고 말을 다하지 못했는데
편지지에 엎드린 채 목이 메어 눈물이 나니 더 할 말
을 모르겠소.」

　주생이 편지를 써놓았으나 전하지 못하고 있을 무렵이
었다. 조선이 倭敵의 침략을 당했다는 소문이 파다하게
떠돌았다. 마침내 원병을 중국에까지 청해 왔다. 사태는
매우 급박했다. 황제는 조선이 지극히 중국을 섬기므로
불가불 구원을 해야 했고, 또 조선이 무너지면 鴨綠江 서
부지방은 편안할 날이 없을 것임을 간파했다. 항차 왕업
의 存亡繼絶이 달린 판국이어서 거절할 도리가 없었다.
그래서 都督 李如松에게 군대를 통솔하여 적을 무찌르도
록 어명이 내렸다.

이때 行人司*의 행인 薛藩이 조선을 다녀와서 황제에게 아뢰었다.

「북방 사람은 오랑캐를 잘 막아 내며 남방의 사람들은 왜놈을 잘 방어하오니, 이 싸움은 남방의 군병이 아니면 어렵겠나이다.」

이래서 湖淅의 여러 고을에서 병정을 급히 모집하게 되었다. 그때 유격 장군이었던 어떤 사람이 평소에 주생의 聲名을 알고 있어 출전하는 날에 끌어내어 서기의 소임을 맡겼다. 주생은 굳이 사양했으나 어쩔 수 없어 직책을 맡았다. 그는 조선으로 나왔다.

安州의 百祥樓에 올라 古風 七言詩를 지었다. 그 전부는 알 수 없으나 그 結句는 다음과 같았다.

시름에 겨워 강 상루에 오르니,

누 밖에 청산은 첩첩이 싸였구나.

저 산은 고향을 바라보는 내 눈을 가리면서,

어찌하여 시름이 오는 길은 막지 못하나.

이듬해 癸巳年 봄이었다. 명군은 왜적을 대파하여 경상도로 몰아붙였다.

주생은 밤낮으로 선화를 생각하여 마침내 병이 중해졌다. 그는 종군해 남하할 수 없어 松京에 머물고 있었다. 이때 나는 때마침 일이 있어 송경에 갔었다. 한 여관에서 주생을 만났다. 그러나 언어가 통하지 않았다. 그래서 글로써 의사를 통했다. 주생은 내가 글을 안다고 후하게 대접해 주었다. 나는 주생에게 병든 내력을 물어 보았다.

---

* 행인사 : 중국 관명. 외교관서.

그러나 그는 근심에 싸여 응답이 없었다.

　하루는 비가 주룩주룩 내렸다. 나는 주생과 같이 불을
밝히고 늦도록 이야기를 나누었다.　주생은 踏沙行의 詞
한 수를 지어 보여 주었다.

　　의지할 곳 없는 외로운 신세,
　　이별의 회포를 어이 다 쏟을까.
　　돌아가는 기러기는 어려운
　　강가 나무에 줄지어 앉았구나.
　　여창의 희미한 촛불은 이 마음 설레게 하고,
　　황혼의 빗소리는 시름을 디하누나.

　　낭원은 구름에 싸였고,
　　영주는 바다에 막혔구나.
　　임 있는 곳은 예서 얼마나 되나.
　　차라리 물 위의 부평초 되어,
　　하룻밤 흘러흘러 오강으로 가고자.

　나는 몇 번이나 이 詞를 읊었다. 그리고 사 중의 정사
를 탐문했다. 주생은 더 이상 감추지 못하고 처음부터 끝
까지 자세하게 말했다. 그러면서 나만 알고 다른 사람에
게는 일체 말하지 말라는 당부까지 하는 것이었다.
　나는 그 詩詞를 아름답게 보았다. 그리고 이들의 奇遇
를 한탄했고, 좋은 시일을 놓친 데에 대하여 슬픈　생각
이 들었다. 그래서 헤어진 후 나는 붓을 잡아 이를 써 나
가지 않을 수 없었다.

〈필사본〉

● 編著者 略歷

金起東 : 東國大學校卒. 文學博士
　　　　前 東國大學校 敎授
　　　　主著「韓國古典小說硏究」

全圭泰 : 延世大學校卒. 文學博士
　　　　現 全州大學校 敎授
　　　　主著「高麗歌謠의 硏究」

금향정기 · 금령전 · 주생전
한국고전문학 100 　⑩

1994년 8월 10일 인쇄
1994년 8월 20일 발행

편저자　　김　기　동
　　　　　전　규　태
발행인　　최　석　로
발행처　　서　문　당

서울특별시 마포구 서교동 459-11
등록일자　1973. 10. 10.
등록번호　제7-69호
전　　화　(322) 4916~8